DÉSIGNATION

DES ESTAMPES

PIÈCES DIVERSES

1 **Alix**. L'Amour sacrifiant ses ailes à l'Amitié, d'après Fragonard; l'Innocence instruite par l'Amour, d'après Carême. 2 pièces très-belles épr.   2   4 50

2 **Amiconi** (D'après). La Peinture, la Musique, la Sculpture, l'Architecture, l'Astronomie, la Poésie. 7 pièces.

3 **Anonyme** de l'école allemande. Susanne et les Vieillards. Jolie pièce, imitation d'un dessin.   6 50

4 — Les différents degrés des Ages. Grande pièce à costumes, époque Louis XV.   1 75

5 — Le Bât. Très-belle épreuve.   4

6 — Le portrait de Marie-Antoinette présenté au Dauphin, en présence de toute la famille royale. Grande pièce à la manière noire, gravée probablement par Broksaw.   4

7 **Aubert** (D'après). Le Billet doux; la Revendeuse à la toilette. 2 pièces gravées par Duflos.   4

8 **Aubry**. La Bonté maternelle, gravé par Blot.

9 — L'Occupation du Ménage, gravé par Blot.   1

10 — Le Mariage rompu, gravé par Delaunay; l'Heureuse nouvelle, par Simonet; les Adieux de la nourrice. 3 pièces.

11 — La reconnaissance de Fonrose, gravé par Delaunay. Très-belle épreuve avec marges.

12 **Bailliu** (P. de). Susanne au bain, d'après Martin Pepyn. Très-belle épreuve avec l'adresse de Gillis Hendrich.

13 **Balechou**. La Force, d'après Nattier. Très-belle épreuve.

14 **Baltard**. Vue de la cour du Louvre pendant l'exposition des produits de l'industrie, dans les jours complémentaires de l'an IX.

15 **Baudouin**. Le coucher de la Mariée, gravé par Moreau jeune, terminé par Simonet.

16 — Le Soir, gravé par de Ghendt. Très-belle épr.

17 — Le Jardinier galant, gravé par Helman. Très-belle épreuve avec marges.

18 — Le Lever, mal conservé; le Fruit d'un amour secret; la Sentinelle en défaut. 3 pièces.

19 **Beauvarlet**. La Fruitière, le Jardinier, d'après Vanasse. 2 pièces.

20 **Beauzech** (d'après). Une Famille de villageois, gravé par Niquet. Très-belle épr. avant la lettre.

21 **Berin et Lepautre**. Costumes de métiers et ballets. 16 pièces.

22 **Binet**. Foyer d'un théâtre; répétition du matin. 2 jolies petites pièces.

23 **Blanchard**. Le Sérail parisien ou le bon ton de 1802, d'après Naudet.

24 **Boilly**. La Comparaison des petits pieds, gravé   *3*
     par Chaponnier; Jeune homme entourant de ses
     bras la taille d'une jeune femme, par Tresca; deux
     Jeunes filles regardant deux oiseaux. 3 pièces
     avant la lettre.

25 — Prélude de Nina; Tu saurais ma pensée; La   *12 50*
     dispute de la rose; On la tire aujourd'hui; cette
     dernière avant la lettre. 5 pièces très-belles épr.

26 — Les Petites coquettes. Superbe épreuve avant   *2*
     toute lettre.

27 — La Rose prise; Séparation douloureuse; Tu   *6*
     mens; la Leçon d'un on conjugale. 4 pièces.

28 — L'Optique, l'Amour couronné. 2 pièces gra- ⎫
     vées par Cazenave.   ⎬ *5*

29 — L'Optique; le Sommeil trompeur. 2 pièces. ⎭

30 **Bonnart et autres**. Costumes du temps de   *30*
     Louis XIV. 90 pièces.

31 — Costumes de ballets sous Louis XIV. 20 p.   *10*

32 — Danseurs de ballet à l'Opéra. 4 p. coloriées.   *7*

33 **Borel** (d'après). Jeune femme prenant un bain   *2 25*
     de pied, à laquelle on apporte une lettre, gravé
     par Giraud, épreuve d'eau forte.

34 — L'Indiscret, gravé par Dequevauvilliers.   *9 50*

35 **Bosio**. Bal de Société; la Poule. 2 p. coloriées.   *3 4*

36 — La Bouillotte; le Trente-un, par Darcis, d'après   *1 3*
     Guérain. 2 pièces.

37 **Bosse**. Le Toucher, très-belle épreuve, collée   *9*
     tout autour sur les bords.

38 — L'Enfant prodigue dans un lieu de débauche;   *12 50*
     son Retour; on l'habille; le Banquet en son hon-
     neur. 4 pièces très-belles épreuves.

39 — Le Contrat. Très-belle épreuve.   *3 50*

13 **40** — La joie de la France; la fortune de la France. 2 pièces.

6 **41** — L'Atelier du sculpteur, épr. superbe.

8 **42** — Les Jeunes gens au coucher de la Mariée; le Chaudeau; la Saignée. 3 pièces.

6 50 **43** — L'Hiver; Jeunes gens au coucher de la Mariée; ce pâtissier est fin. 3 pièces.

2 50 **44** — Les Quatre parties du monde. 4 pièces.

26 **45** — Le Printemps; l'Automne. 2 épr. Le Procureur; Scène villageoise; Jeunes gens au coucher de la Mariée; les Cadeaux à la Mariée; la Visite à l'accouchée. 4 pièces des œuvres de miséricorde, etc., 15 pièces, épr. faibles ou mal conservées.

14 50 **46 Boucher.** Le Déjeûner, gravé par Lépicié. Superbe épr. avec marges.

7 **47** — La Marchande de modes, gravé par Gaillard; le Déjeûner, par Lepicié. 2 pièces. Très-belles ép.

13 **48** — La Belle villageoise, gravé par Soubeyran. Très-belle épr.

15 50 **49** — Andromède, très-belle épr. avant la lettre.

10 — **50** — Le Magnifique; la Courtisane amoureuse. 2 p. gravées par Larmessin. Très-belles épr.

19 { **51** — L'Oiseau chéri, gravé par Daullé. Belle ép.
{ **52** — Les Charmes du Printemps, les Plaisirs de l'Été, les Grâces au bain. 7 pièces.

12 **53** — Vénus sur les eaux, les Amusements de l'Hiver, l'Amour instruit par Mercure, Vénus et l'Amour, la Belle Cuisinière. 6 pièces.

7 50 **54** — Silvie fuit le loup qu'elle a blessé, l'Amour ranime Aminte, 2 pièces, gravées par Lempereur, la Vendangeuse, gravé par Daullé, 3 pièces.

SUCCESSION DE FEU M. DAVALET

HUITIÈME VENTE

ESTAMPES

DIVERSES ÉCOLES

PIÉCES IMPRIMÉES EN COULEUR

PORTRAITS

ESTAMPES MODERNES

ÉCOLE ANGLAISE

DESSINS

HOTEL DES COMMISSAIRES-PRISEURS, RUE DROUOT, 5

SALLE N° 4, AU PREMIER ÉTAGE

Les 1er, 2, 3, 4 & 5 Avril 1867, à une heure.

M° DELBERGUE-CORMONT, Commissaire-Priseur,
rue de Provence, 8,

Assisté de **M. ROCHOUX**, M^d d'Estampes, quai de l'Horloge, 19,
CHEZ LEQUEL SE DISTRIBUE LE PRÉSENT CATALOGUE.

EXPOSITION PUBLIQUE

Le Dimanche **31 Mars 1867**, de 2 heures à 5 heures.

PARIS — 1867

ORDRE DES VACATIONS

PREMIÈRE VACATION. — *Le Lundi* 1er *Avril* 1867 :

Pièces diverses............... Nᵒˢ 1 à 244

DEUXIÈME VACATION. — *Le Mardi* 2 *Avril* 1867 :

Pièces diverses................ Nᵒˢ 215 à 380
Pièces en couleur............ .. 381 à 426

TROISIÈME VACATION. — *Le Mercredi* 3 *Avril* 1867.

Pièces en couleur............. Nᵒˢ 427 à 574
Portraits...................... 575 à 634

QUATRIÈME VACATION. — *Le Jeudi* 4 *Avril* 1867 :

Portraits..................... Nᵒˢ 635 à 779
Pièces modernes............... 780 à 844

CINQUIÈME VACATION. — *Le Vendredi* 5 *Avril* 1867 :

École anglaise...............: Nᵒˢ 845 à 995
Dessins....................... 996 à 1055

CONDITIONS DE LA VENTE

Elle sera faite au comptant.

Les Adjudicataires paieront, en sus du prix d'adjudication, CINQ POUR CENT applicables aux frais.

55 — La Voluptueuse, gravé par Poletnich ; la Dormeuse, par Michel; Jeune Fille embrassant un oiseau, Buste de Jeune Femme, avec collier de perles. 4 pièces.   *   *15*

56 — Étude de femme, l'Amour porté par les Grâces, l'Enlèvement d'Europe, Berger assis près de sa bergère, Jeune Fille tenant une guirlande de fleurs. 5 pièces.   *6*

57 — Vénus sortant du bain, gravé par Michel ; la souffleuse de savon, par Daullé; Foire de campagne, par Cochin. 3 pièces.   *5*

58 — La Jeune Ménagère, des Noisettes au litron, la Laitière, des Radis, des Raves, la Bouquetière Fanchonnette. 9 pièces.   *5*

59 — Le Réveil, Étude de femme à demi couchée. 4 pièces.   *10 50*

60 **Callot** (J.). Le Parterre de Nancy ; *Primo intermedio della veglia della liberatione di Tirreno*. 2 pièces. Belles ép.   *5*

61 **Caquet** La Soirée du Palais-Royal, d'après V. Très-belle ép., avec grandes marges.   *7*

62 **Cartes à jouer**. Un lot de différents jeux. *Ce numéro pourra être divisé.*   *30*

63 **Cecchi et Eredi**. Léopold et sa famille, d'après Piattoli.   *6 50*

64 **Chardin** (D'après). Les Tours de cartes, gravé par Surugue. Épreuve superbe.   *13*

65 — La Maîtresse d'école, le Jeu de l'Oie, les tours de cartes, les Amusements de la vie privée, Sans-Souci, Sans-Chagrin. 5 pièces mal conservées.   *13*

2 75 **66 Charpentier** (A Paris, chez). La Table renversée.

3 50 **67 Chereau** (A Paris, chez). Le Matin. Très-belle ép. avec marges.

17 **68 Chevillet**. Le Bon Exemple, et Mlle sa sœur, d'après Heillmann, **2 pièces**. Très-belles ép

7 50 **69** — Mlle sa sœur, d'après Heillmann. Très-belle épreuve.

1 25 **70 Clerck** (J.-F.). Vénus et Adonis, d'après Balestra. Avant la lettre.

12 **71 Coqueret**. Vue de la galerie du Palais-Royal, d'après Garbizza.

2 25 **72** Les Ennuyés chez eux, d'après C. Vernet. Très-belle ép. avant la lettre.

2 50 **73 Corrège** (D'après). Saints en adoration devant la Vierge et l'Enfant-Jésus, gravé par Fessard.

7 50 **74 Costumes** du temps de Louis XIV, de Berey, Mariette et Trouvain, coloriés. **10 pièces**.

128 **75 Costume parisien**. Modes du temps de la République et de l'Empire, depuis l'an VII jusque vers 1815. **248 pièces**.

22 **76 Courtin** (D'après). Vertumne et Pomone. Danaë; loin de sa mère, Amour est un malin garçon, le Hanneton, les Jeux naïfs, la Belle Danseuse, l'Amour médecin, etc. **24 pièces**.

4 50 **77 Couvay**. Le Beau séjour des cinq sens, la Nuit, l'Hyver. **3 pièces**, d'après Huret.

6 50 **78 Coypel** (C.). Georges Dandin, l'École des femmes. les Femmes savantes, M. de Pourceaugnac, Titre. **5 pièces**, gravées par Joullain.

79 — (Ch.). la Jeunesse sous les habillements de la   *3*
Décrépitude, gravé par Renée-Élisabeth-Marlié
Lepicié. Très-belle ép.

80 — Le Printemps, gravé par Ravenet, ép. non   *11*
terminée; la même pièce terminée. Superbe ép.
avant toute lettre.

81 — La Folie pare la Décrépitude des ajustements   *6*
de la Jeunesse, l'Amour de ville, l'amour de village, Ce Dépit n'est point redoutable, Aymon 1er,
le Printemps, l'Été, l'Automne. 8 pièces.

82 — (A. et C.). Susanne et les vieillards, avant toute   *17* *50*
lettre, Alliance de Bacchus et de l'Amour, l'A-
mour et Psyché, Vénus sur les eaux, Jeux d'Enfants, etc. 8 pièces.

83 — L'Amour, Nymphe endormie entourée d'a-   *4*
mours, Renaud et Armide. 5 pièces gravées par
Daullé, Dupuis, Surugue, etc.

84 **Cozza** (F.). Cimon nourri par sa Fille. B. 4.   *3*
Très-belle ép.

85 **Crepy** (A Paris, chez). Le Pressant Serment,   *2*
Laquelle des deux aura la Pomme. La Partie
d'œufs frais. 3 pièces.

86 — Les Pèlerins de l'île de Cithère.

87 **Crepy** et **Mondhare** (A Paris, chez). Le   *8*
Messager diligent, les Plaisirs de la Vendange.
2 grandes pièces, imageries coloriées.

88 **Cunego** (1788). Deux Jeunes Filles suivies d'un   *6*
nègre portant un parasol. Très-belle ép. avant
la lettre.

89 **Darcis**. Susanne et les vieillards. Très belle ép.   *1*
avant la lettre.

3 50 **90 Davault**. Calendrier perpétuel, dans le haut, 4 médaillons avec coiffures de dames et de jeunes seigneurs sous Louis XVI.

1 **91 Davesne** (D'après). La Coquette Sophie, gravé par Voyez jeune. Très-belle ép.

54 **92 Debucourt**. Modes. Les numéros 1, 3, 6, 9, 12, 15, 22, 27, 33, 37, 45, 46, 47 et 50. 14 pièces.

13 50 **93** — Coiffures du temps de la République. 7 pièces.

4 50 **94 Delaunay**. Marche de Silène, d'après Rubens· Très-belle ép.

9 **95 Dennel**. Jeune Femme à demi couchée sur un canapé Très-belle ép. avant toute lettre.

10 50 **96** — L'Abandon voluptueux, d'après Borel ; Comparaison du bouton de rose, d'après G. de Saint-Aubin, 2 pièces. Très-belles ép.

97 — La Vertu irrésolue, d'après Louise-Elisabeth Vigée. Très-belle ép.

4 75 **98 Deny** (A Paris, chez). La Fille qui se défend mal, l'Agréable surprise, l'Hommage accepté. 3 pièces.

7 **99** — L'Agréable surprise, la Partie d'œufs frais. 2 pièces coloriées.

6 **100** — Le Consommé, d'après Moitte. Très-belle ép. avec marges.

4 50 **101 Deshayes** (D'après). La Fidélité surveillante, gravé par Hemery. Très-belle ép. avant la lettre avec marges.

8 50 **102 Detroy**. Leda, gravé par Fessard. Très-belle ép. avec marges.

7 50 **103** — Pan et Syrinx, gravé par Henriquez. Très-belle ép. avant la lettre.

104 — Susanne et les Vieillards, gravé par L. Cars,   *5 50*
superbe ép. avec marges.

105 **Divers**. PIÈCES FACÉTIEUSES. L'Opéra d'enfer,   *20*
par Boinard; les Vendanges de Suresne; Déso-
lation; le Duel de l'andouille; Proverbes de La-
gniet; le Monarque des gueux, *Matheus excudit.*
etc. 26 pièces.

106 — Scènes de Mœurs, Facéties, Costumes. 46   *32*
pièces.

107 — Costumes de l'époque Louis XVI, et de la   *55*
République. 96 pièces.

108 — Compositions d'après le Corrége, Tintoret.   *10*
André del Sarte, etc. 12 pièces.

109 — Susanne et les Vieillards, d'après Carrache;
la Fornarine; Loth et ses filles, d'après Raphaël;
Jupiter et Junon, d'après Jules Romain, etc. 9   *11*
pièces.

110 — Compositions, d'après Titien, Véronèse.   7
pièces.

111 — Compositions, d'après Titien, Véronèse, Guer-   *12*
chin, L. de Vinci. 16 pièces.

112 — Compositions, d'après Giorgion, Tintoret,   *6 50*
Titien et Véronèse. 10 pièces.

113 — D'après le Parmesan, Guerchin, Lauri, Albane,   *26*
etc. 48 pièces.

114 — Les Pèlerins d'Emmaüs, par S. Thomassin,   *5 50*
d'après P. Véronèse; Daphni é fille ed Amore,
d'après Nabl, par J. Volpato; enlèvement d'Europe, d'après Farinati, etc. 9 pièces.

115 — Susanne et les Vieillards, d'après Blanchard ; même sujet, d'après C. Vanloo et Vien ; Diane et Actéon, d'après L. Chéron ; l'emplette inutile, d'après Charpentier, etc. **22 pièces.**

116 — Le jeu de Piquet, par Lepicié, d'après Netscher ; différentes compositions, d'après Ostade, Rembrandt, Gérard Dow, etc. **23 pièces.**

117 — Jeune fille prenant son café ; autre jouant avec un chat, d'après Drouais ; l'Optique, d'après Allou ; jeune fille se regardant dans un miroir, d'après Roux ; Négligé galant, d'après Coypel, etc. **30 pièces.**

118 — Prélude de Nina, les petites Coquettes, d'après Boilly ; Triomphe d'Amphitrite, d'après Natoire ; la Ravaudeuse, etc. **25 pièces.**

119 — Perrette ; le Jardinier galant, d'après Baudouin ; le Larcin toléré, d'après Lambert ; Honni soit qui mal y pense, d'après Davesne ; cette villageoise beauté, d'après Desormeaux ; la Colombe chérie ; le Baiser napolitain, d'après Carême, etc. **24 pièces.**

120 — La Sultane, d'après Vanloo ; l'Aimable accord, d'après Baudouin, etc. **6 pièces.**

121 — Garde à vous ; l'Agaçante ; Mme de Bellegarde demandant la grâce de son mari, sans marges ; Caricatures sur les hautes coiffures, etc. **20 pièces.**

122 — D'après Binet, Borel, Droyer, Queverdo, etc. **29 pièces.**

123 D'après de Troy, Lafosse, Natoire, etc. **24 pièces.**

124 L'Action, d'après Colson; Ah! le voilà! d'après
Vangorp; l'Ecolier, d'après G. de Saint-Aubin;
la Toilette, d'après Baudouin, sans marges. 17
pièces.   9

125 — Bethsabé, d'après Vanloo; Grecque sortant du   5 50
bain, d'après Vernet; à l'Aspect d'un joli minois,
d'après Carème; le Testament de la Tulipe, d'a-
près Lenfant; Bethsabé, d'après Bounieu; 10
pièces.

126 — D'après Vanloo, Cazes. Fouché, etc. 18 pièces.   12

127 — L'Odorat, d'après Dumesnil; Leda, d'après   6 50
Berlin; le Diseur de bonne aventure, d'après
Courtin; le Modèle enchanteur, d'après Eisen;
l'Amour clairvoyant, d'après Vanloo, etc. 20
pièces

128 — D'après Coypel, Schall, Cazes et autres. 21   17 50
pièces.

129 — D'après Cochin, Freudeberg, Monnet, Imbert,   22
Moreau, l'aîné, etc. 18 pièces.

130 — Pièce pour l'Académie de Saint-Luc; la Jar-   5 50
dinière complaisante, par Martinet; la surprise;
la matinée; Junon empruntant la ceinture de
Vénus; Honni soit qui mal y pense, etc. 24
pièces.

131 — L'Amante inquiète, d'après Watteau; l'Automne, d'après Rosalba; ce petit Écureuil, d'a-
près Courtin, etc. 34 pièces.
                                                         22
132 — La Folie pare la décrépitude des ajustements
de la Jeunesse; l'Amour précepteur; Diane et ses
Nymphes, d'après Coypel; l'agréable désordre,
d'après Tischbein; 2 pièces d'après Courtin; 19
pièces.

39 133 — La Promesse du retour, d'après Tischbein ; le Naufrage, d'après Watteau ; le Négligé, la Mère laborieuse, d'après Chardin ; le Panier renversé, d'après Schall, etc. **26 pièces.**

134 — Festin royal, par Moreau **jeune** ; le Baiser rendu, d'après Pater ; la Fleuriste, par Demarcenay, d'après G. Dow ; Enlèvement d'Europe, par Leonardi, d'après S. Conca, etc. **27 pièces.**

15 135 — Pièces, d'après Pierre, Mallet, **Fragonard, etc.** **40 pièces.**

20 136 — D'après Metzu, Netscher, Ostade, Teniers, etc. **23 pièces.**

15 137 — D'après G. Dow, Netscher, Metzu, Mieris, etc. **13 pièces.**

8 50 138 — D'après Metzu, Mieris, Trost. etc. **15 pièces.**

9 50 139 — Diane et Calisto ; Andromède ; Nymphe surprise par un Satyre ; etc. **14 pièces,** à la manière noire.

15 140 — D'après Loutherbourg, Berghem, Teniers, etc. **17 pièces.**

1 141 **Dossier.** Vertumne et Pomone, d'après Rigaud, in-fol. Très-belle ép.

3 142 **Dugoure** (D'après). Deux jeunes Amants à l'autel de Vénus. Très-belle ép. avant toute lettre.

10 50 143 **Duhamel.** Costumes de mode Louis XVI. **12** pièces coloriées.

5 144 **Dyck** (Van). Jupiter et Antiope. *Clément de Jonghe excudit.*

145 **Eckout** (Van). Joseph racontant ses songes, 4
gravé par Schrœder; Agar répudiée par Abraham, par Haas, d'après Flinck. 2 pièces.

146 **Edelinck** (N). Jeune femme tenant un parasol, 2
d'après Ranc. Très-belle ép.

147 **Eisen** (C). La Gageure des trois commères. 5 50
Gravé par Tardieu. Belle ép. avec marges.

148 — La Comète. Gravé par Lebas. Très-belle ép. 1 75

149 — L'Accord de Mariage, le Bouquet, 2 ép. gra- 12 50
vées par Gaillard; le Bouquet par R. Daudet; le
Tric-Trac, par Lebas; les premiers Aveux par
Dorgez; la Vertu sous la garde de la Fidélité, la
Cuisinière charitable, la Comète; la Glaneuse; la
Nuit; les Délices de la vie champêtre. 12 pièces.

150 Les Plaisirs champêtres; la jolie Fermière; le 15
Concert champêtre, etc. 13 pièces gravées par
Longueil.

151 **Eisen, Fragonard, Marillier, Moreau** 38
jeune (D'après). Vignettes. 65 pièces.

152 **Eisen père**. L'Attente du moment, le Plaisir
malin. Deux pièces gravées par Halbou.

153 — La Marchande de chansons, la Marchande de 8
plaisirs, Amusement de la jeunesse, l'Optique,
la Malice enfantine. 4 pièces gravées par Dupuis,
Henriquez, etc.

154 **Espérance** (Dessiné et gravé par l'). Les trois 3 75
Grâces et la déesse Hébé, habillées à l'anglaise.
Très-belle ép.

155 **Falck** (Attribué à). Orgie de soldats. 2 25

156 **Ferretti** (D'après). Mascarades. 4 pièces. Très-belles ép.

157 **Fournier** (D'après). L'Heure désirée (déchirure dans le haut), la Lettre désirée. 2 pièces gravées par Chaponnier Très-belles ép.

158 **Fragonard**. Dites donc s'il vous plaît, gravé par Delaunay ; l'Innocence inspire la Tendresse, par Voysard. 2 pièces. Très-belles ép. avant la dédicace.

159 — Le Pot au lait, gravé par Ponce.

160 — La Fontaine d'amour, le Songe d'amour, le Sacrifice de la rose. 3 pièces gravées par Regnault et Gérard.

161 — La Bonne Mère, gravé par Delaunay. Très-belle ép.

162 — Le Contrat, gravé par Blot. Superbe ép. avant les noms d'artistes et la lettre au dessous du titre.

163 — Ma chemise brûle, gravé par Auguste Legrand. Très belle ép. sans marge.

164 — La Chemise enlevée, gravé par Guersant ; les Beignets, par Delaunay. 2 pièces.

165 — La Résistance inutile, gravé par Vidal. Très-belle ép. sans marges.

166 — Le Colin-maillard, la Bascule. 2 pièces gravées par Beauvarlet.

167 — Les deux Baisers. 2 pièces gravées par Marchand. Très-belles ép. sans marges.

168 **Fragonard et autres**. A femme avare galant escroc. le Mari confesseur, le Savetier et le Financier, le Calendrier des vieillards, On ne s'avise jamais de tout, etc. 18 pièces.

169 **Freudeberg**. Le Lever, avant la lettre, ép. mal conservée; les Mœurs du temps, deux ép. ; la Promenade du matin. 4 pièces.

170 — L'Instant favorable, gravé par Voyez jeune. Très-belle ép.

171 **Garneray** (D'après). Jeune Femme mettant sa jarretière, gravé par Michault. Très-belle ép. avant la lettre.

172 **Gérard** (M^le). Jeune Mère tenant son enfant sur ses genoux, à côté une jeune servante tenant un boule-dogue; Jeune Fille agenouillée lisant une lettre; tout auprès, une main d'homme passant par un judas attire l'écharpe de la jeune fille. 2 pièces. Très-belles ép. avant la lettre.

173 — Le Triomphe de Minette. le Présent, le Bouquet inattendu, l'Espoir du retour, je m'occupais de vous. 5 pièces.

174 — La Jouissance maternelle, le Premier pas de l'enfance, les Regrets mérités, je les relis avec plaisir. 4 pièces.

175 — Le Bouquet inattendu. Très-belle ép.

176 **Gillot** (D'après). Théâtre italien, Livre de scènes comiques. 10 pièces gravées par Huquier, 2 sont coloriées.

177 — Habillements à l'usage des ballets, opéras et comédies, gravés par Joullain. 85 pièces.

178 **Goltzius inve**, 1592. La Mort parlant à un jeune homme qui tient une fleur à la main.

179 **Goltzius et son école**. 25 pièces.

20   **180** — Trente-trois pièces.

7   **181 Greuze** (D'après). La Philosophie endormie, épreuve d'eau-forte *très-rare*. Superbe ép. sans marges.

12   **182** — La Voluptueuse, charmante pièce gravée par Gaillard. Très-belle ép.

12 50   **183** — L'Écureuse, gravé par Beauvarlet. Très-belle épreuve.

14 50   **184** — Le Malheur imprévu, gravé par Delaunay. Superbe ép. avec marges.

12 50 **185** — La même pièce. Très-belle ép. avec marges.

11   **186** — Le Bénédicité, gravé par Laurent. Très-belle ép. avec marges.

3   **187** — Sérena, gravé par Bause. Très-belle ép.

188 — Buste de la jeune Fille à l'oiseau mort, gravé Picot à la sanguine. Très-belle ép.

3 25 **189** — Bacchante, gravé par Henri Meyer. Très-belle ép.

190 — L'Accordée de village, le Paralytique. Deux pièces gravées par Flipart. Très-belles ép., *signées au verso par les artistes.*

15   **191** — L'Hermite, gravé par Marais. Très-belle ép. avant la lettre.

192 — La Mère bien-aimée, la Dame de charité. 2 pièces sans marges.

193 — Les Œufs cassés, avant toute lettre.

194 — Deux Enfants jouant près d'une vieille femme
endormie, gravé par Parizeau, avant la lettre;
le Tendre Désir, par C.; la Privation sensible,
par Simonet; la Mère en courroux; la Fille con-
fuse, etc. 8 pièces. } *15*

195 — La Tricoteuse endormie, sans marges; la Petite Sœur, la Jeune Nourrice, la Petite Mère, la
Fleuriste. 5 pièces. }

196 **Grimou** (D'après) L'Espagnolette, la Jeune *16*
Studieuse, le Double Portrait, Jeune Fille dessi-
nant, la Jeune Laborieuse. 8 pièces.

197 **Guyot**. Bas-Reliefs antiques, d'après Heince; *7*
Muses, par Ridé, d'après Boisot, etc. 18 pièces.

198 **Haid** (J. E.). L'Adultère au temple, d'après *1*
M. Ange de Caravage; les Filles de Pelias, d'a-
près Pignoni. 2 pièces.

199 **Harriet**. Le Thé parisien par Godefroy, d'après *10 50*
Harriet; Costumes français et anglais, par Levachez, d'après C. Vernet. 2 pièces.

200 **Hemery** (Mlle). La Quincaillière ambulante. Jo- *5*
lie petite pièce. Très-belle ép.

201 **Henne**. Mort de Frédéric II, d'après Rode. *5*
Grande et belle pièce en couleur.

202 **Hilair** (D'après). L'Esclave heureux, gravé par *8*
Mathieu. Très-belle ép. avant la lettre, sans marges.

203 **Historiques** (Pièces). Époque de la Révolu- *12*
tion. 15 pièces.

4 50 **204** — Delaunay saisi et entraîné, le Charlatan politique ou le Léopard apprivoisé, pièce coloriée. 2 pièces.

2 1 **205** — Réunion des trois ordres, Présentation de pièces à un comité, Retour de conscience, etc. 19 pièces.

5 50 **206** — Grande armée du ci-devant prince de Condé, la Coalition des rois, Adieux de Louis XVI à sa famille, Monument élevé aux Brotteaux en 1795. 4 pièces.

3 25 **207 Hooge** (Romyn de). Mardi-gras de coq-à-l'âne, les Monarques tombant. 2 pièces.

8 50 **208 Humblot** (D'après). Le Faucon, gravé par Dupin. Très-belle ép.

3 75 **209 Jeaurat** (D'après). Vertumne et Pomone, Diane au bain, le Garçon jardinier, Naissance de Vénus. 4 pièces gravées par Aubert, N. Dufour, Desplaces, etc.

7 **210** — L'Accouchée, la Relevée, deux pièces gravées par Lepicié; le Jeune Symphoniste, par Sornique. 3 pièces. Très-belles ép.

6 50 **211** — L'Opérateur Barri, la Servante congédiée, deux pièces gravées par Balechou; les Savoyardes, par Beauvarlet; l'Amour coquet, etc. 5 pièces.

4 50 **212 Jollain.** La nymphe Erigone, gravé par Muller. Très-belle ép.

18 **213 Jordaens et Vandyck** (D'après). 10 pièces.

1 50 **214 Kaupertz.** Artémise, d'après Therbouche; à la manière noire. Belle ép.

215 **Kraus** (D'après). La Gaîté sans embarras, gravé   3
par Levasseur, deux ép.; Deux amoureux trinquant, avant la lettre. 3 pièces.

216 **Kusner**. Assassinat de Gustave III, dans un   5 50
bal, à Stockolm, en 1792.

217 **Lancret** (D'après). Le Faucon, les Troqueurs,   12
les Deux amis, les Rémois, A femme avare galant escroc. 5 pièces gravées par Larmessin.

218 — L'Eté, gravé par Scotin; l'Automne, par N.   3
Tardieu. 2 pièces en hauteur.

219 — L'Automne, gravé par Tardieu; l'Hyver, gravé   12 50
par Lebas. 2 pièces en hauteur.

220 — Partie de plaisir, gravé par Moitte; Repas ita-   18 50
lien, par Lebas ; *Que le cœur d'un amant est sujet à changer*, par S. Silvestre; les Charmes de la conversation, par Petit; Récréation champêtre, par Joullain. 5 pièces.

221 — L'Air, l'Eau, le Feu, le Printemps, l'Automne,   40
l'Hyver, en largeur, l'Amusement du petit maître, les Agréments de la campagne, etc. 24 pièces.

222 **Lasinio**. La Mort de Lucrèce, d'après Luca   1
Giordano.

223 — Scènes de mœurs grotesques. 15 pièces co-   12 50
loriées.

224 **Lawreince** (D'après). Les Sabots, gravé par   27
Couché, ép. avant la dédicace, mal conservée ; la même pièce, avec la lettre, très-belle; le Repentir tardif, par Levilain; la Soubrette confidente, par Vidal ; la Marchande à la toilette, par Vidal. 5 pièces.

225 — Qu'en dit l'abbé, ép. non terminée, *rare*. La même pièce terminée.

226 — La Soubrette confidente, gravé par Vidal. Très-belle ép.

227 — L'Heureux Moment, Ecole de danse, le Contre-temps, la Sentinelle en défaut, etc. 6 pièces.

228 — La Leçon interrompue, gravé par Vidal. Très-belle ép.

229 — L'Assemblée au concert, gravé par Dequevauvilliers. Ep. mal conservée.

230 **Lebeau** (A Paris, chez). Conventions de mariage, le Mari trompé. 2 pièces.

231 **Lebrun** (Mme). Vénus liant les ailes de l'Amour, gravé par Schultze ; même sujet, gravé par Sarp, avant et avec la lettre. 3 pièces.

232 **Leclerc** (D'après). L'Hermite en quête, l'Abbé en conquête. 2 pièces.

233 — L'Enfant prodigue. 4 pièces gravées par Gaillard et autres.

234 — Le Jeu de l'escarpolette, gravé par Deny.

235 — La Sultane au bain, gravé par Deny. Très-belle ép.

236 **Leclerc, Watteau fils, Saint-Aubin** (D'après). Costumes de l'époque Louis XVI. 16 pièces.

237 **Lefèvre** (Femme). Le pauvre jeune Homme, Quel est le plus heureux? 2 pièces d'après E. Victoire.

238 **Legrand**. Erigone, d'après Leroy. Très-belle épreuve

239 **Lemesle** (D'après). La Clochette, gravé par 2 50
Fillœul ; la Chose impossible, par Sornique, d'a-
près Lorrain. 2 pièces.

240 **Lemoine** (D'après). Hercule et Omphale, le 9 50
Temps enlevant la Vérité, Psyché punie, Iris au
bain, Vénus endormie. 8 pièces.

241 **Lenain** (D'après). Composition de cinq figures, 2
une jeune fileuse à gauche. Très-belle ép. avant
toute lettre.

242 **Leprince**. Compositions, figures et paysages à 26
l'eau-forte avec mélange de lavis. 49 pièces.

243 **Leprince** (D'après). La Crainte, le Marchand 4 75
de lunettes, le Médecin clairvoyant, la Lettre en-
voyée, etc. 7 pièces.

244 — La Précaution inutile, gravé par Helman, ép. 2 50
d'eau-forte ; autre avant la lettre au-dessous du
titre.

245 **Leroy** (D'après). Coucou, gravé par Beljambe. 1 75
Très-belle ép. avant la lettre.

246 **Lesueur** (Louis). Le Rendez-vous à la Fon- 3
taine, gravé par Louvion. Ep. avant la lettre au-
dessous du titre.

247 **Levachez** Le Sauteur en liberté, Tombera- 8
t-il, ne tombera-t-il pas? 2 pièces d'après
C. Vernet.

248 — Chasse au renard, n°s 3, 4 et 6, d'ap. C. Ver- 8
net.

249 **Longhi** (P.). Salon de travail, le Sommeil, la 4 50
Cantatrice, l'Opérateur. 4 pièces gravées par
Bartolozzi, Gubwoin.

6 50 **250 Malapeau.** La Ruelle, d'après Schall.

2 1 **251 Mallet** (D'après). Chit! chit! par ici! 2 pièces gravées par Copia; superbes ép. avec grandes marges.

2 75 **252** — L'Infidélité découverte ; la Leçon maternelle; le Bouquet; deux jeunes Filles avec l'Amour, cette dernière avant la lettre. 4 pièces.

4 50 **253 Martinet.** Bal de mai donné à Versailles pendant le carnaval de 1763, d'après Slodtz. Très-belle ép.

1 75 **254** — Récréation du philosophe; le Jardinier galant. 2 pièces, belles ép.

2 6 **255 Martinet** (Thérèse). Scènes théâtrales. 24 jolies pièces, format grand in-8. Très-belles ép. et parfaitement conservées.

2 75 **256 Mathieu** (G.-D.). Diverses compositions à l'eau-forte. 5 pièces.

9 **257 Mechel** (Chrétien de). Costumes suisses du XVIᵉ siècle, d'après Holbein. 12 pièces.

13 1 **258 Modes.** Cabinet des modes, 1785-1786, 1 vol.; Magasin des modes nouvelles, 1786 à 1788, 3 vol. En tout 4 vol. contenant un grand nombre de costumes coloriés.

— Almanach de la toilette et de la coiffure des dames françaises, depuis 1589 jusqu'à présent (1781). A Paris, chez Desnos, petit vol. mar.

5 2 **259 Modes** du temps de la République et de l'Empire. 56 pièces.

7 1 **260 Mœurs** (Scènes de) et **Caricatures.** Jeu des

quatre Coins; le Colin-Maillard; la bonne Société;
les Chiens à la mode; Autant en emporte le vent;
la Valse; les Glaces; le Retour du bal; Cavalcade
de Longchamps, etc. 36 pièces.

261 Le bon Genre. La Perfection du désordre; *27*
la Trénis; le petit Maître en chenille; les Visites
en pelisse; la Marchande de mode; le Grima-
cier; le Chien qui file; les petites Marionnettes;
les Jongleurs indiens; Cinq pour une; les Vapeurs
ou le jour des Mémoires, etc. 25 pièces.

262 — La Mère à la mode; la Mère telle que toutes *128*
devraient être: la Balançoire; la Vaccine, la
Valse; M. Requiem; le Marchand d'estampes;
les Apprêts du bal; Promenade d'Anglais; Mar-
rons rôtis; Elles pâtissent; le Paquebot, etc.,
etc. 173 pièces. *Ce numéro pourra être divisé.*

263 — Merveilleuses, incroyables; Uniformes an- *22*
glais, d'après Horace Vernet; la Brodeuse,
d'après Carle Vernet. 17 pièces.

264 Moitte (D'après), La Curiosité punie, gravé par *1 25*
Deny. Belle ép. avec marges.

265 Monnet (D'après). Vénus et Adonis, gravé par *5 50*
Vidal.

266 Moreau jeune. C'est un fils, Monsieur; gravé *5*
par Baquoy. Très-belle ép. avant la lettre.

267 — Toilette d'un jeune seigneur, assis à droite; à *6*
gauche, un jeune abbé est assis près d'un bu-
reau, gravé par Halbou. Très-belle ép.

268 — Oui ou Non ; la petite Loge ; la Dame du palais de la Reine ; la Sortie de l'Opéra ; C'est un fils, Monsieur ; le Souper fin ; la Partie de wisch ; la Rencontre au bois de Boulogne ; le vrai Bonheur. 11 pièces.

269 — Le Festin royal ; le Bal masqué. Deux pièces.

270 — David et Bethsabée, d'après Rembrandt, avant et avec la lettre. 2 pièces.

271 **Moreau** jeune **et autres**. Fêtes, Bals, Feux d'artifice, etc. 9 pièces.

272 **Morghen** (Raphaël). La Poésie ; la Peinture ; et par Cunego, Hébé et Junon. 4 pièces d'après Hamilton.

273 **Mouchet** (D'après). La Méprise, gravé par Macret, terminé par Arselin (deux déchirures) ; le Réveil interrompu, par Darcis ; l'Illusion, par R. et D. 3 pièces.

274 **Natoire** (D'après). Jeux d'enfants ; Bacchus et Ariane ; Triomphe de Bacchus ; Diane et ses Nymphes au bain. 4 pièces gravées par Desplaces, Duflos, Pelletier et Ravenet.

275 **Nattier** (D'après). Madame de *** en Flore, gravé par Voyez le jeune. Collée en plein, sans marges.

276 — La Chasseuse aux cœurs, gravé par Henriquez. Belle ép. avec marges.

277 — La même pièce.

278 **Panneels**. Judith et sa servante tenant sur un plat la tête d'Holopherne, d'après Rubens ; effet de lumière. **Très-belle ép.**

279 **Paroy** (comte de). Jeune Fille se regardant
dans un miroir, d'après Mme Lebrun. Jolie petite
pièce; très-belle ép.

1 3

280 **Pater**. Le Désir de plaire, le Plaisir de l'été.
Deux pièces gravées par Surugue.

4 75

281 — Le Concert amoureux, la Danse. 2 pièces
gravées par Fillœul.

1 2

282 — L'Essai du bain, gravé par Voyez; l'aimable
Entrevue, par Tardieu; Marche comique, par
Ravenet. 3 pièces.

1 6

283 — Le Glouton, très-belle ép. avec l'adresse de
Larmessin; l s Aveux indiscrets, avec l'adresse
de Buldet. 2 pièces.

4 50

284 — Le Glouton, gravé par Fillœul.

285 — Le Baiser donné, la Courtisane amoureuse,
le Mari battu et content, Pyramide d'ailes et de
cuisses de poulet. 5 pièces.

7 50

286 **Patu** (A.-J.). Suzanne et les Vieillards. Très-
belle ép. avant la lettre.

1 75

287 **Pesne** (D'après). Vertumne et Pomone, gravé
par Hoelzel; Ulysse enlevant le fils d'Andro-
maque, par Schmuzer, d'après Albert de Saxe;
Léda, d'après Franceschini. 3 pièces.

4

288 **Peters** (D'après). Jeune Mère paraissant gron-
der ses deux enfants, gravé par Chevillet. Superbe ép. avant la lettre.

2 50

289 — Réprimande maternelle, gravé par Chevillet.
Très-belle ép.

290 — L'Amour maternel, gravé par Chevillet, Très-
belle ép.

1 75

291

291 — La petite Marchande de carpes, gravé par Levasseur. Très-belle ép.

3 25 292 **Picart** (B.). Jupiter et la nymphe Aslerie, Vénus sur les eaux, les Cinq Sens (manque le Toucher). 6 pièces, très-belles ép.

14 293 **Pierre** (D'après). L'Enlèvement d'Europe; les Serments du Berger; Sacrifice à Pan; Marché aux légumes, etc. 12 pièces.

6 294 **Porporati**. Suzanne, d'après Santerre; Clorinde et Tancrède, cette dernière avant la lettre.

295 — Le Bain de Léda, d'après Corrége.

2 50 296 **Porporati** et **Massard**. La Mort d'Abel, Agar présentée à Abraham. 2 pièces avant la lettre.

5 297 **Pozzi**. Transfiguration d'après Raphaël.

12 298 **Prud'hon** (D'après). Cérès cherchant Proserpine, gravé par le baron de Joursanvault. Belle pièce à l'eau-forte, entourée de nombreux petits croquis à l'eau-forte. *Très-rare.*

17 50 299 — La Lecture, Vengeance de Cérès, la Vertu aux prises avec le Vice, le Zéphyr, gravé par Laugier, l'Amour réduit à la raison, Le cruel rit des pleurs, etc. 13 pièces.

2 300 **Quellinus** (D'après). Décollation de saint Jean-Baptiste. *Martinus Van den Eden excudit.*

2 75 301 **Ramberg**. La Jument du compère Pierre. Très-belle ép.

5 50 302 **Raoux** (D'ap.). L'Enfance, la Jeunesse, l'Age viril, la Vieillesse. 4 p. gravées par **Moyreau.**

303 — Le Vieillard surveillant, le Satyre complaisant,   4
Angélique et Médor. 3 pièces.

304 **Regnault**. Le Matin, le Soir, la Nuit. 3 pièces.   9

305 — L'Amour et Psyché, gravé par Beljambe,   2   50
avant la lettre; Junon empruntant la ceinture de
Vénus, par Miger; Jupiter et Calisto, par Blot.
3 pièces.

306 **Rosalba**. Les Saisons. 4 pièces gravées par   2
de F...

307 **Roslin** (D'après). La Flore de l'Opéra. *Basan*   3
excudit.

308 **Rubens** (D'après). Vieille Femme tenant un   3   25
fourneau allumé; l'Amour enfant, gravé par
Surugue. 2 pièces; très-belles ép.

309 — 13 Pièces de la galerie du Luxembourg, gra-   14
vées par J. et B. Audran, Duchange, etc.

310 — Vénus sortant de la mer, Satyres regardant   40
Diane et ses Nymphes endormies, Bacchanale,
Neptune et Thétis, Jardin d'Amour, gravé par
Lempereur, etc. 24 pièces.

311 **Sabatelli**. Scène de jeu. Pièce à l'eau-forte.   1   25

312 **Sadeler** (Gilles). Diane et Actéon, d'après
Heintz. Belle ép.

              } 4

313 **Sadeler** (R.). La Foi, la Charité, etc. 6 pièces.

314 **Saint-Aubin** (Aug. de). Adrienne-Sophie,   20
marquise de ***. Très-belle ép.

315 **Saint-Jean** (Jean de). Femme de qualité en   6   50
déshabillé, reposant sur un lit d'ange.

316 **Santerre** (D'après). La Beauté dangereuse;   15
Iris, à la faveur de ce déguisement; Pourquoi le
tendre Amour, etc. 11 pièces.

317 **Schall** (D'après). Finissez ! gravé par Marchand. Très-belle ép.

318 — Jeune Femme couchée jouant avec un chat. Ep. avant toute lettre.

319 **Schenau** (D'après). L'Ecureuil content, Imag de la beauté, les Enfants jardiniers, Moletrina fallax. 4 pièces.

320 — La Belle Fileuse, l'Heureux Serin, le Miroir cassé, l'Espérance au hasard, l'Heureux Retour, etc. 7 pièces.

321 — Le Chariot renversé, la Brouette par terre, l'Amour distribuant ses dons, la Crédulité sans réflexion, Moletrina fallax, les Défauts corrigés par l'affront, etc. 10 pièces.

322 **Schenck** (P.). Jeune Femme versant un vase par la fenêtre, d'après Ochtervelt. Très-belle ép.

323 **Schmidt** (G.-F.). Loth et ses Filles, d'après Rembrandt, le Père de la Fiancée réglant sa dot, Jean ressuscitant la fille de Jaïre. 3 pièces.

324 **Schut** (C.). Compositions religieuses et mythologiques. 13 pièces.

325 **Selis** (A Paris, chez). La Chose impossible, le Baiser rendu, Mazet de Lamporechio, le Cas de conscience, le Savetier, la Mandragore, le Diable de Pape figuiere, le Baiser donné, les Oies de frère Philippe, la Servante justifiée, le Gascon puni, Frère Luce, Frère Luce congédiant Agnès, la Clochette, le petit Chien, le Pâté d'anguilles, Suite du Pâté d'anguilles, les Remois. 19 pièces, jolies compositions, format in-4, à l'exception de deux qui sont plus grandes.

326 — La Cruche, l'Oiseau en cage, la Devineresse, l'Horoscope, le Dépit amoureux, le Mari trompé, le Malade imaginaire, l'Ecole des femmes, George Dandin, le Mariage forcé, l'Amant déguisé en médecin, l'Amour peintre, l'Ambassade amoureuse, plus 4 pièces gravées par Laurent Cars, d'après Boucher, pour Molière. En tout, 17 pièces.

327 **Smith** (J.). Tarquin et Lucrèce, d'ap. W. de Ryck. Très-belle ép.

328 **Strange**. Vénus bandant les yeux de l'Amour, d'après Titien. Très-belle ép.

329 — Vénus, Danaë, d'après Titien ; la marge de ces deux pièces est coupée au-dessous du titre.

330 — Joseph et la Femme de Putiphar, d'après le Guide. Très-belle ép.

331 — Parmigiani amica, d'après le Parmesan. Très-belle ép.

332 — La Fortune, Cléopâtre, d'après le Guide. 2 pièces; très-belles ép.

333 — Esther et Assuérus, d'apres le Guerchin. Très-belle ép.

334 — La même pièce.

335 — Raphaël, d'après lui-même; Sapho, d'après C. Dolci. 2 pièces. Très-belles ép.

336 — Sainte Agnès, d'après Dominiquin ; Sommeil de l'Enfant Jésus, d'après C. Maratte; Didon sur le bûcher, d'après le Guerchin ; Comitas, Justitia, d'après Raphaël. 5 pièces.

337 — L'Amour, d'après Vanloo; Cléopâtre, la Madelaine, Toilette de Vénus, d'après le Guide; une pièce d'après Schidone; César répudie Pompée; Liberality and modesty; Jugement d'Hercule. 8 pièces.

338 — Vénus et Adonis, d'ap. Titien.

339 — Henriette-Marie, reine d'Angleterre, d'après Van Dyck. Très-belle ép. (Petite déchirure à gauche; tache à droite dans le haut.)

340 **Subleiras**. Frère Luce, gravé par Elluin. Très-belle ép.

341 — Le Faucon, gravé par Lebas.

342 **Surugue** (L.). Le Roi à la chasse. Jolie pièce rognée à droite.

343 **Téniers** (D'après). Réjouissances flamandes. Fête de village, 3e et 4e Fêtes flamandes. 4 pièces gravées par Lebas. Très-belles ép.

344 **Titien** (D'après). Adam et Ève, par G. Folo; Danaé, à la manière noire; le Christ couronné d'épines, par le Pérugin. 3 pièces.

345 **Tomba**. Ecole de dessin, d'après Giani. Très-belle ép.

346 **Toulouse** (A Paris, chez). Mlle Manon et le Perruquier, Costumes d'incroyables. 1 pièce.

347 **Trinquesse** (D'après). L'Irrésolution ou la Confidence, gravé par Pierron. Belle ép. avec marge.

348 **Troost** (D'après). Tartufe, la Fausse Vertu ou la Feinte Tristesse, la Fausse Vertu découverte. 3 pièces.

349 **Valée**. Jeune Femme ayant près d'elle un nègre qui lui présente une corbeille de fleurs.

350 **Valentin** (D'après). Soldats se faisant dire la   *15 50*
bonne aventure par une bohémienne ; belle composition gravée par Ganière. *Aug. Quesnel excudit.* Epreuve superbe.

351 — Querelle de soldats au jeu, gravé par le cap.   *1 75*
Baillie. Très-belle ép.

352 **Vanloo** (C.). La Sultane ; la Confidence. 2 pièces   *10*
gravées par Beauvarlet. Très-belles ép.

353 — Les Grâces, gravé par Pasquier. Superbe ép.   *11 50*
avec marges.

354 **Vernet** (C.) **et autres**. Les Incroyables ; les   *38*
Merveilleuses ; Point de Convention ; Chacun son
Tour ; Tiens bien ton Bonnet ; les Croyables au
perron ; l'Inconvénient des Perruques ; la Folie
du Jour, etc. 11 pièces.

355 **Vien** (D'après). Jeune Circassienne au bain ; Aute   *2 25*
de Bacchus. 2 pièces gravées par Glairon-Mondet.
Très-belles ép. avec marges.

356 **Vleughels**. Le Bât ; le Villageois qui cherche   *14 50*
son veau. 2 pièces gravées par Larmessin.

357 — Le Bât, gravé par Larmessin. Très-belle ép.   *4*
collée en plein.

358 **Watteau**. La Villageoise, gravé par Aveline ; le   *6*
Qu'en dira-t-on, par Crépy fils. 2 pièces.

359 — L'Amante inquiète ; la Villageoise. 2 pièces   *4 50*
gravées par Aveline.

360 — *Dans ce beau Jardin ;* Spectacle français, gravé   *16*
par Dupuis ; Voulez-vous triompher des Belles,
par Thomassin ; le Conteur, par Cochin ; les
Agréments de l'Été, par Favannes. 5 pièces.

26

361 — L'Assemblée galante, gravé par Lebas. Ép. mal conservée.

362 — L'Assemblée galante, gravé par Lebas, sans marges; le Passe-Temps, par B. Audran ; la Musette, par Moyreau. 3 pièces.

13 50   363 — La Surprise, gravé par B. Audran ; le Plaisir Pastoral, par Tardieu ; la Contredanse, par Brion; les Agréments de l'Été, par Joulin. 4 pièces.

14 50   364 — L'Amour au Théâtre-Français, gravé par Cochin ; Comédiens français, par J.-M. Liotard ; Enlèvement d'Europe, par Aveline; Pomone, par Boucher; le Triomphe de Cérès, par Crépy. 5 pièces.

26   365 — L'Amour au Théâtre-Italien; Comédiens français; Comédiens italiens; Départ des Comédiens italiens; l'Ile de Cythère. 5 pièces.

7 50   366 — L'Enlèvement d'Europe, gravé par Aveline.

2 0   367 — L'Aventurière, gravé par Crépy fils; Arlequin Jaloux, par Chedel ; Antoine de La Roque, par Lépicié ; la Lorgneuse, par Scotin; Fêtes au dieu Pan, par Aubert. 5 pièces.

20

368 — La Mariée de village, gravé par Cochin. Très-belle ép. collée en plein.

369 — L'Embarquement pour Cythère, gravé par Tardieu. Ép. mal conservée.

16   370 — Diverses compositions, figures et paysages. 25 pièces.

5 50   371 **Wille.** Sainte Famille, d'après Diétricy ; Bons Amis, d'après Ostade. 2 pièces; belles ép.

3 50   372 — Mort de Cléopâtre, d'après Netscher. Très-belle ép.

373 — La Ménagère hollandaise. Très-belle ép. avant toute lettre; l'épreuve est collée en plein et mal conservée. 2

374 — Tricoteuse hollandaise; Mort de Cléopâtre. 2 pièces. 3

375 **Wille** fils (D'après). La Curieuse; le Bouton de Rose; Prévoyance au Plaisir; Retour heureux; la Soucieuse; la Galante à désirs. 8 pièces. 11 50

376 — Les Conseils maternels; la Mère indulgente, 2 pièces gravées par Lempereur. Très-belles ép.

377 — Amusement du jeune âge, gravé par Chevillet. Très-belle ép. avec marges. 14 50

378 — L'Essai du Corset; Tom Jones; la Mère mécontente; le petit Marchand d'oranges. 4 pièces; belles ép.

379 **Wouvermans** (D'après). 9 pièces.

380 **Wouvermans et Vanfalens** (D'après) 17 pièces. 15 50

PIÈCES IMPRIMÉES EN COULEUR
A LA MANIÈRE DU CRAYON OU DU LAVIS, ETC.

381 **Alix**. Gabrielle d'Estrées, Mme de Sévigné, Labruyère, Fontenelle, Franklin, J.-J. Rousseau, Voltaire, Diderot; Raynal, Mably, Mirabeau, Marat, Charlotte Corday, etc. Dix-huit portraits in fol. 19 50

382 — Marie-Antoinette. d'après Mme Lebrun. Charmant portrait in 4. Très-belle ép. sans marges. 6

5 50 383 — Mme Saint-Aubin, de l'Opéra-Comique, d'après Garneray. Joli portrait.

6 384 — Mme Saint-Aubin. Sans marges.

385 — Charlotte Corday. In-fol.

5 386 — 1798. Général Berthier, d'après Legros; autre Personnage, avant toute lettre. Deux portraits in-fol.

387 — Le prince Eugène Napoléon, vice-roi d'É-gypte, in-fol. Très-belle ép.

6 50 388 — L'Accordée de village, le Paralytique, d'après Greuze; la Lanterne magique d'amour, le Télé-graphe d'amour, d'après Schall. Quatre pièces.

6 50 389 **Anonyme**. Louis XVI, au bas ses adieux à sa famille; Marie-Antoinette, au bas ses adieux à sa famille. Deux pièces.

1 50 390 — La Rive, charmant petit portrait dans un médaillon rond. Ép. superbe, avec marges.

1 75 391 — Famille de Charles IV, six médaillons sur la même feuille. Très-belle ép.

4 50 392 — La Réponse embarrassante. Très-belle ép. avec marges.

3 393 **Aubert** (à Paris, chez). Bois d'amour, Bosquet d'amour. Deux petites pièces.

1 75 394 — La Jardinière difficile.

2 395 **Bance** (à Paris, chez). M. de Lafayette, colonel de la garde nationale, joli petit portrait. Très-belle ép. avec marges.

2 25 396 **Beauvalet**. Joseph Barra, d'après Desrais, in-4. Très-belle ép.

397 **Beljambe**. Les Promesses de l'Amour, les Jeux de l'Amour. Deux pièces, d'après Mallet. Ép superbes, avec marges.   5 50

398 **Benazech**. Daphnis et Amaryllis, Hylas et les nymphes. Deux pièces, très-belles ép.

399 — Le Couronnement de la Rosière, le Prix de l'Agriculture. Deux pièces.   } 7

400 — Le Prix d'Agriculture. Très-belle ép.

401 **Bertrand** (N.). Marie-Louise, impératrice, d'après Girard. Joli portrait in-4, avec marges.   3

402 **Bisi** (Michel). Auguste-Amélie de Bavière, vice-reine d'Italie. Charmant portrait in-fol. Superbe ép. avec marges.   2 50

403 **Boillet**. Quatuor de Lucile, d'après Doublet.   3 25

404 — Necker. Petit in-fol., très-belle ép.   1 25

405 **Boisot** (D'après). La Liberté, l'Égalité (deux sujets différents), la Vertu. Quatre pièces gravées par Gautier, Les citoyennes Demonchy, Lingée et Rollet. Quatre pièces, très-belles ép. avec marges.   3

406 **Bonnefoy**. Le Repos, d'après Boucher.

407 — La Confidence, d'après Boucher.   } 7

408 — Le Cadeau, d'après Boilly. Très-belle ép.

409 **Bonnet**. Le Déjeuner, d'après Huet ; le Goûter, d'après Baudouin. Deux pièces, superbes ép. avec grandes marges.   3 1

410 — La Leçon de danse. Jolie pièce.   1 50

411 — Le Midi, l'Après-Midi, le Soir, le doux Baiser, la Fidélité. Cinq pièces.   4 50

412 — La belle Toilette. Deux ép. dont une déchirée.   13

19   **413** — Vénus sur les eaux, Vénus à sa toilette, Diane au bain, l'Amour offrant son cœur à Vénus. Quatre pièces, très-belles ép.

10   **414** — La Jarretière. Très-belle ép. avec marges.

8   **415** — Le Bain, d'après Jollain. Très belle ép.

13 50   **416** — La belle Cachette. Très-belle ép. avec marges.

2 25   **417** — Diane au bain, Nymphes au bain, la dernière avant toute lettre.

6   **418** — Ah! voyons, mon Frère. Donne-m'en, ma Sœur. Deux pièces, belles ép. avec marges.

11   **419** — La Troupe ambulante des rues de Paris, le Marchand d'Orviétan, de campagne; l'Accord maternel, le Départ d'une foire, Retour du Marché. Cinq pièces d'après Huet.

8 50   **420** — Jeune Fille vue de profil, d'après Leclerc, dans un encadrement rehaussé d'or; le Portrait chéri, le Matin, d'après Challe; le Déjeuner, Buste de jeune Fille, d'après Boucher, à plusieurs crayons. Cinq pièces.

3 25   **421** — L'Abbé galant.

6 50   **422** — La Laveuse, d'après Boucher. A la sanguine.

10   **423** — Jeune Fille portant une rose au corsage, jolie pièce à plusieurs crayons. Sans marges.

424 — Vénus tenant le carquois de l'Amour; le Réveil de Vénus. Deux pièces, d'après Boucher.

3   **425** — Le Repos de Cérès. Très-belle ép. avec marges.

3 75   **426** - Jeune Fille tenant une grappe de raisin, la Dormeuse, le Repos de Cérès. Trois pièces.

427 — Toilette du matin, un peu rognée dans le haut ; Toilette du soir. Deux pièces, d'après Beaulier, à la sanguine.   *3*

428 — Figures de jeunes Femmes, d'après Leclerc et autres. Neuf pièces.   *5*

429 — La Peinture animée des Grâces, d'après Lagrenée. Jolie pièce à plusieurs crayons.   *1*

430 — Comte de Provence, petit in-fol. Deux ép. différentes.   *1 75*

431 **Bouquet**. Jeune Mère jouant avec ses deux enfants qui font des bulles de savon. Superbe ép. avant la lettre.   *1*

432 **Breton** (chez Mme). L'Amour musicien, jolie petite pièce. Jeune Femme avec coiffure Louis XVI. Deux pièces.

433 — Les Quatre Parties du jour. Quatre petites pièces.   *5 50*

434 **Carrée**. Les deux Lettres espagnoles, d'après Valin.   *1*

435 **Chalcographia Hentziana**. F.-L.-Wilhelmine de Prusse, princesse héréditaire d'Orange et de Nassau, charmant portrait in-fol. Ép. superbe.   *2 75*

436 **Canu**. Jeune Femme avec bouquet au corsage. Ép. avant toute lettre.   *1*

437 **Cazenave**. L'Amour couronné ; l'Optique ; le Cadeau, par Bonnefoy. Trois pièces, d'après Boilly.   *7 50*

438 — Le Nid d'amour, d'après Cazenave. Très-belle ép.   *1*

2   **439 Copia**. La Vengeance de Cérès, d'après Prud'hon. En couleur. *Rare.*

2   **440** — Julie, d'après Mallet. Très-belle ép. avant la lettre au-dessous du titre.

2 50   **441** — Come la trovate? Oh! che gusto! 2 pièces d'après Sicardi.

4 75   **442 Coqueret**. On doit à la patrie le sacrifice de ses plus chères affections, d'après Dutailly. Très-belle ép.

4 50   **443** — La même pièce.

16   **444 Coutellier**. Mlle Maillard, Mme Julien, Mlle Contat, Mlle Colombe l'aînée, Mlle Olivier, Mme Dugazon, Menier, Bertinazzi, etc. 11 portraits.

4   **445** — Mlle Maillard, Mme Julien. 2 pièces.

     446 — 4 Portraits d'actrices.

     447 Crepy (A Paris, chez). Le Pressant Serment.

1 75   **448 Crousel** (A Paris, chez). Le Charbonnier. Très-belle ép.

     449 Darcis. Le Réveil importun, d'après Mouchet.

4 9   **450 Debucourt**. Annette et Lubin, épreuve superbe avant toute lettre.

7 50   **451** — Les Adieux du matin. Très-belle ép. sans marge.

3 25   **452** — Compliment à la grand'maman et au grand-papa. 2 pièces sans marges.

4 9   **453** — La Promenade dans la galerie du Palais-Royal. Sans marges, mal conservée. Il manque un morceau au coin du bas à droite.

7 2   **454** — La Promenade publique. Très-belle épreuve, sans marges. Vernis.

455 — L'Heureuse Famille. Jolie pièce en couleur.   7 50
Rare.

456 — La même pièce en noir.

457 — La Rose mal défendue, en couleur.   14

458 — La même pièce.

459 — Un Mari au bras de sa Femme s'avance en   31
face de deux jeunes gens, un Coiffeur se rejetant
en arrière et paraissant émerveillé de l'effet d'une
nouvelle coiffure. 2 jolies pièces. Ep. avant toute
lettre.

460 — La Manie de la danse, les Visites, les Oranges.   37
3 pièces.

461 — La Coquette et ses Filles, les Galants suran-   6
nés, le Gourmand, Vent devant, vent derrière.
5 pièces.

462 — Le Printemps ou les Amants, en couleur.   1 75

463 — Les Visites. Pièce mal conservée.

464 — Minet aux aguets. Superbe ép. avec grandes   4 75
marges.

465 — La même pièce en couleur.

466 — Il est pris, Elle est prise. 2 pièces en couleur.   27
Très-belles ép.

467 — Route de Poissy. Route de Saint-Cloud, les   37
Aveugles. 3 pièces, d'ap. C. Vernet.

468 — Son Arrivée fera notre bonheur, Ils sont heu-   17
reux, Jouis tendre mère, la Croisée, Chasse et
Course, d'après C. Vernet. 5 pièces.

469 — Qu'as-tu fait? pauvre Annette.   2

470 — La Bonne d'enfant en promenade, le Co-   60
saque galant. 2 pièces d'ap. Vernet.

471

471 — Le Goûter des Anglais, les Anglais à Paris, le Coup de vent, la Marchande de saucisses, la Marchande de cerises, le Cosaque galant, la Toilette d'un clerc de procureur, Chacun son tour, le Marchand de peaux de lapin, Anglais en habit habillé, etc. 31 pièces. *Ce numéro pourra être divisé.*

3 50 472 — Calèche se rendant au rendez-vous de chasse, d'après C. Vernet. Très-grande pièce en couleur.

473 — Une Chasse, d'après Vernet, avant la lettre.

4 50 474 — Hussard poursuivant l'ennemi, d'après C. Vernet. En couleur.

5 50 475 — Attaque de brigands, Rose mal défendue, par Bonnemain. 2 pièces.

3 476 — La Mariée, d'après Duval-Lecamus. Très-grande pièce.

12 477 — Cosaque irrégulier, le Kalmuck, Artilleur anglais, Uhlan prussien, Mameluck porte-étendard, Hussard et Cuirassier français, etc. 12 p. d'ap. C. Vernet.

2 50 478 — Costumes russes et polonais, d'après Norblin. 15 pièces. Le Cosaque galant, d'après Vernet.

5 50 479 — 1807. Napoléon Ier en pied, in-fol. Très-belle ép.

1 480 **Delacour.** L'Heureux Accident, d'après Huet.

481 — La Fileuse, d'après Boissier.

11 50 482 **Demarteau.** Mme Favart en jardinière, d'après Boucher. Jolie pièce à plusieurs crayons.

483

483 — Vénus couronnée par les Amours, d'après
Boucher; Jupiter et Sémélé, Satyre découvrant
une Nymphe, d'après Carême; Jeune Fille jouant
avec un chien, d'après Huet. 4 pièces.

484 — 5 Pièces, d'après Boucher, et 2 d'après Leprince. 7 pièces à la sanguine.

485 **Descourtis**. L'Amant surpris, d'après Schall.
Ep. superbe

486 — Le Tambourin, d'après Taunay.

487 **Divers**. Marie-Antoinette, Léopold II, Florian,
duc d'Orléans, Mlle Arnould, Antoine Dubois, etc.
10 pièces.

488 — Serment d'amour, la Bonne Mère, par Audebert, d'après Fragonard; le Goûter, par Bonnet,
d'après Baudouin; Jeux d'enfants, par Colibert;
Jeux d'enfants, d'après Huet, etc. 26 pièces.

489 — L'Hommage réciproque, Jeune Fille à sa
fenêtre arrosant des fleurs, deux jeunes Filles
joignant les mains, Bacchanale, le Départ de la
chasse, etc. 18 pièces.

490 — Ah! qu'il est joli, Bazile et Luzy, Bazile et
Laurette, l'Agréable Surprise, l'Hommage accepté, etc. 41 pièces.

491 — L'Arrivée du modèle, l'Amour caressant la
Beauté, Offrande à l'Espérance, le Délire de
l'Amour et de la Folie, etc. 32 pièces.

492 — Le Paysan mécontent, par Morret, d'après
Borel; la Danse, les Amours rendant hommage
à Vénus, l'Amour offrant des présents à Ariane,
etc. 28 pièces.

14   493 — Samson livré par Dalila, Danaë, par Chaponnier, d'après Regnault; l'Amour ramoneur, Bonjour ma Mère, le Pannier renversé, C'est sans malice, par Auguste Desnoyers; le Bain d'amour, Erigone, d'après Mallet, etc 24 p.

6   494 — L'Accident imprévu, la Sentinelle en défaut, d'après Lawreince; l'Amour-propre, d'après Huet; 5 pièces gravées par Gautier Dagoty, etc. 16 pièces.

7   495 — A quelque chose malheur est bon, Vertumne et Pomone, le Riboteur et la Poissarde, On la tire aujourd'hui, la Partie carrée, etc. 18 pièces.

9   496 — Serment d'amour, par Audebert, d'après Fragonard; Jupiter et Diane, par Bonnet; la Danse, la Marchande d'oranges, etc. 16 pièces.

15   497 — Par Bonnet, Charpentier, Demarteau, et autres, d'après Boucher, Fragonard, etc. 12 pièces.

11   498 — Par Bonnet, Demarteau, Janinet, etc. 20 pièces.

12 50   499 — Le Panier renversé, d'après Schall; la belle Jambe, d'après Parelle; Lucinde, d'ap. Falconnet; Jeune Fille, par Demarteau, d'après Courtois; Promenade du matin, d'après Dutailly, etc. 17 pièces.

35   500 — Par Bonnet, Demarteau et autres, d'après Boucher, Leprince, etc. 85 pièces.

1 75   501 **Dmarwel**. La Recherche des appas, d'après Huet.

502 **Dulas** (Mme). Les deux Amies, l'Enfant chéri.   2 75
2 pièces d'après Vangorp et Boyer. Très-belles
ép. avec marges.

503 **Daruisseau**. Jeune Fille, d'après Vanloo, à   5
plusieurs crayons; la Marchande d'oranges; la
Marchande de modes, par Guyot, d'après Watteau
de Lille; la belle Émilie; la douce Julie, *chez
Chaillou;* Florine. **6** pièces.

504 **Dutertre**, *pinx*. M. Caillot, rôle de Tom Jones.   1 50
Très-belle ép.

505 **Gabrielli**. Louis XVII, joli portrait petit in-4.   4 25
Très-belle ép.

506 **Gautier** (J.-R.). Le rustique Amoureux. Belle
ép. avec marges.

507 **Gautier Dagoty**. Jeune Femme assise et fai-   1 50
sant des pelotons de laine, d'après Chardin.
Rare.

508 — Marie-Thérèse, Frédéric le Grand, Voltaire,   3
Louis XV, 4 portraits petit in-fol.

509 **Gérard** (Mlle). Les doux Loisirs, ép. avant toute   1 50
lettre; Je les relis avec plaisir, gravé par Vidal.
2 pièces.

510 **Girard** (Romain). La présidente Tourvel,   4 75
d'ap. Touzé.

511 **Greuze** (d'après). Jeune Fille pleurant son   1 25
oiseau mort

512 **Janinet**, 1779. Mlle Duthé. Très-belle ép. cou-   13
pée autour de l'ovale.

513 — La Comparaison, d'après Lawreince. Très-   9 50
belle ép. sans marges.
— La même pièce, moins belle, sans marges.

18 — 514 — La Confidence, d'après Lawreince. Superbe ép. avant la lettre.

25 — 515 — Ah! le joli petit chien! d'après Lawreince. Très belle ép. d'une jolie pièce.

5   516 — Jeune Femme tenant un verre d'une main et des cartes de l'autre. Très-belle ép. collée en plein.

3   517 — Jeune Fille tenant une guirlande de roses, d'après Baudouin. Sans marges.

5 60   518 — Les Grâces, d'après Pellegrini. Très-belle épreuve,

21   519 **Janinet et autres**. Mlle Colombe l'aînée, Mme Saint-Huberti. Mlle Clairon, Mlle Arnould, Mme Dugazon, Mlle Contat, Mme Belcour, Lekain, Garrick, etc. 13 pièces.

14 50   520 — Acteurs et Actrices dans leurs rôles. 23 pièces.

60   521 — Mlle Maillard, Mlle Fleury, Mlle Olivier, Mlle St-Huberti, Mme Dugazon, M. Molé, Mme Trial, Mlle Dumesnil, Mlle Saint-Val, La Ruette, Mme Favart, Michu, Granger, Dugazon, etc. 124 pièces. Acteurs dans leurs rôles et costumes pour le théâtre.

2 50   522 **Jubier**. La Confidence, la Méfiance. 2 pièces.

6   523 — Vénus sur un dauphin, d'après Charlier; jeune Fille portant un panier de cerises, par *Vangelisty*, d'après *Peters;* jeune Fille coiffée d'un chapeau avec roses en dessous; Chapeau à la rouennaise; Pouf à l'Innocence. 8 jolies petites pièces.

2   524 **Labrousse**. Costumes de fonctionnaires sous le Directoire. 11 pièces.

525 **Lecœur**. L'Innocente, Ne vous y fiez pas.
2 pièces.

526 — L'heureuse Distraction, la Colère feinte.
2 pièces.

5 50

527 — La Visite au grand-père, d'après Smith.

528 — Ah! mon Dieu, qu'il fait froid! Quelle dou-
ceur dans le zéphir. 2 pièces.

1 25

529 **Legrand**. L'Amant pressant, l'Amant écouté,
la Déclaration. 3 pièces d'après Huet.

11

530 — La Partie de pêche.

531 — Le Ruisseau, d'après Schall. Belle ép. avec
marges.

1 50

532 **Levachez**. Bonaparte premier consul, d'après
Boilly; au bas, la revue du quintidi. In-fol.,
ép. superbe.

11

533 — Bonaparte premier, consul. Joli petit portrait.
Très belle épreuve.

6 50

534 — Napoléon Ier à cheval, d'après C. Vernet.
Grand et beau portrait bien conservé.

9 50

535 — Louis XVIII, d'après Robert Lefèvre. In-fol. en
couleur. Très-belle ép.

536 — Louis XVIII, d'après Vigneux. In-fol. Très-
belle ép.

2 50

537 — Calèche à quatre chevaux, d'après C. Vernet.

7

538 **Levilly**. L'Amant poëte, d'après Boilly. Très-
belle ép. avec marges.

1

539 **Longueil**. Les Dons imprudents, le Retour à
la vertu. 2 pièces. Très-belles épreuves, sans
marges.

6 50

1   540 **Maolan**. La Sauvegarde de l'enfance, d'après Boilly.

4   511 **Marin**. Jeune Femme demi-nue, assise sur un lit ; autre, à genoux, examinant des objets de toilette. 2 pièces d'après Bounieu.

5 50   542 — Qu'est là ? d'après Baudouin.

        543 **Marye**. Le Souvenir ; l'Attention , par Legrand, d'après Leroy ; Hébé, par Janinet, d'après Lebarbier ; la Surprise agréable , chez *Civil*. 4 pièces.

4   544 **Maucler**. Quand l'Hymen dort, l'Amour veille ; la Mère abandonnée, gravé par Vidal. 2 pièces d'après Schall.

        545 **Mensold**. La jeune Veuve, d'après Quéverdo ; l'Agréable distraction, par Michel, d'après Cipriani. 2 pièces.

2 50   546 **Mixelle**. La petite Guerre. Jolie pièce d'après Lawreince. Très-belle ép.

5 50   547 — Le Bouquet déchiré, l'Heureuse rencontre. 2 pièces.

6 50   548 **Monsaldy**. Henri de Bourbon Condé, duc d'Enghien , d'après Mme Vallain. In-4°. Très-belle ép.

4 25   549 — Marie-Louise ; Mme Dugazon, d'après Isabey. 2 pièces.

12 50   550 **Moret**. Bonaparte premier consul, d'après Appiani. In-fol., ép. superbe.

3 50   551 — 1805 Napoléon Ier, d'après Garnerey ; Marie-Louise, d'après Vexberg ; quatre autres portraits de Marie-Louise. Six pièces.

1 75   552 — Louis d'Assas, in-4. Très-belle ép.

553 **Potrelle** (à Paris, chez). Joséphine, joli petit portrait. Deux ép. différentes.   2 50

554 **Regnault** (N.-F.). Le Lever. Très-belle ép. d'une jolie pièce.   7 50

555 **Robillac**. L'Amour est de tout âge, d'après Monnet.

556 **Ruotte**. Jeune Fille debout entre son père et sa mère, qui paraissent lui faire des remontrances. Superbe ép. avant la lettre.   1 25

557 — Augereau en pied, d'après Aubry, in-fol. Très-belle ép.

558 **Schenker**. Bonaparte à cheval, d'après C. Vernet, in-fol. Très-belle ép.   4 50

559 — Bacchante ivre, d'après Barthelmy. Avant la lettre.   2 50

560 — Mme Bellemont en pied, d'après C. Vernet ; Scène à cinq personnages, au milieu Fanchon la vielleuse. Deux pièces.   2 50

561 **Sergent et Gautier**. Jeune Femme jouant avec son enfant, d'après A. Saint-Aubin. Ép. avant toute lettre.   3

562 — L'heureuse Mère, d'après Aug. Saint-Aubin. Ép. superbe avec marges.   2 50

563 **Sergent et Phelipeaux**. La Sollicitude maternelle, d'après Aug. Saint-Aubin. Superbe ép. avec grandes marges.   1 50

564 **Sintzenich**. Louise-Henriette de Hartefeld, d'après Schroder, in-fol. Joli portrait en couleur.   1 25

25—— **565 Tresca.** Les Apprêts du ballet, d'après Lawreince. Pièce imprimée en couleur, *Très-rare.*
Très-belle ép. avec grandes marges.

2 25 **566** — La Jarretière, la Jardinière. Deux pièces,
d'après Boilly. Très-belles ép. avec marges.

4 25 **567** — On la tire aujourd'hui, Jeune Homme entou-
rant de ses bras la taille d'une jeune fille. Deux
pièces d'après Boilly.

1 50 **568** — Danaë, d'après Veronèse. Avant la lettre.

2 75 **569 Van Gorp** (D'après). Jeune Mère s'apprêtant
à donner le sein à son enfant. Très-belle ép.
avant toute lettre.

10 **570 Vérité.** Louis XVI, Marie-Antoinette, Bailly,
Sieyès, Mirabeau, Marie-Antoinette, par Phe-
lippeaux. Six portraits in-8.

4 50 **571 Vidal.** Le malin Cuisinier, la Cuisinière française, deux pièces d'après Collibert. Très-belles
ép.

5 50 **572 Vivarès.** La Pudeur alarmée. Très-belle ép.

573 Wolf. Le Sommeil trompeur, le Réveil prémé-
dité, le Cadeau, gravé par Bonnefoy. Trois pièces
4 75 d'après Boilly.

574 Wossenik. L'Aveugle trompé, l'Aveugle dé-
trompé. Deux pièces d'après Carême.

PORTRAITS

575 **Agnelli**, 1796. Rose-Joséphine Bonaparte, née   *10*
de La Pagerie, petit in-4. Rare.

576 **Anoyme**. Anne de Polignac, maréchale de   *12 50*
Châtillon, 1648, in-4. Très-belle ép.

577 — Mme Elisabeth ; 2 portraits in-8, l'un de face   *2 15*
et l'autre de profil.

578 — Mme Tallien, in-fol. en largeur.   *3 2*

579 — Charlotte Corday dans sa prison, écrivant sa   *6*
dernière lettre à son père, in-4.

580 — Mandrin, capitaine des contrebandiers, in-4.   *1 15*
En mauvais état.

581 **Anselin**. J.-B. Rousseau, d'après Aved. Joli   *5*
portrait in-8. Très-belle ép. avant la lettre.

582 **Audran** (B.). Fénelon, d'après Vivien, in-fol.   *5 50*
Belle ép.

583 — (Germain). Marie-Jeanne-Baptiste de Savoye,   *5*
d'après Delamonce ; Mme la duchesse de Savoye
(chez Crespy), 2 jolis petits portraits. Très-belles
ép.

584 — (J.). Pierre-Clément Daffincourt, ingénieur,   *1*
d'après Rigaud, in-fol. Très-belle ép.

585 **Balechou**. La Force (duchesse de Château-   *4*
roux), d'après Nattier. Très-belle ép.

586 — Anne-Charlotte Gauthier de Loiserolle, femme   *3*
d'Aved, d'après Aved, in-fol. Très-belle ép. Collée
en plein et sans marges.

587 — Marie de Rohan, duchesse de Chevreuse. Belle ép. avec l'adresse d'Odieuvre.

588 — Prince d'Orange, d'après Aved, in-fol. Très-belle ép.

589 **Beauvarlet**. La comtesse du Barri, d'après Drouais, in-fol. Très-belle ép. d'un joli portrait, avant la lettre.

590 — Molière, d'ap. S. Bourdon, in-fol. Très-belle ép. collée en plein. (*Il y a des déchirures.*)

591 **Blot** (Maurice). Le Dauphin et Madame fille du roi, d'après Mme Lebrun, in-fol. Belle ép.

592 **Blooteling**. Marie, princesse d'Orange, d'après P. Lely, in-fol. à la manière noire. Très-belle ép.

593 **Bréa** (De). M. de Calonne, d'après Mme Lebrun, in-fol. Très-belle ép.

594 — Mlle Renaut l'aînée, de la Comédie italienne. Joli portrait in-4.

595 La même. Très-belle ép. imprimée en bistre.

596 **Cardon**. Mme Catalani, d'après Villiers. Charmant portrait en couleur, in-8. Epreuve superbe.

597 **Carmontelle** (D'après). Franklin, petit in-fol. Très-belle ép. Autre par Chevillet, d'après Duplessis. 2 portraits allégoriques sur le même. 4 pièces.

598 **Cars** (L.-F.). Cardinal de Polignac, d'après Rigaud, in-fol. Belle ép.

599 **Cathelin**. Marie-Antoinette, d'après Fredou, in-fol. Très-belle ép.

600 — Louis XV en pied, avant la lettre. (*Une déchirure en travers dans toute la longueur.*)

601 — Etienne - François Turgot, d'après Drouais, in-fol. — 3

602 **Cecchi Eredi**. Louise-Marie-Amélie, grande-duchesse de Toscane, d'après Piattoli, in-fol. Très-belle ép. — 3

603 **Cheesman**. Sidney Smith, d'après Opie, in-4 en couleur. Très-belle ép. — 3 25

604 **Cheau**. Mme Favart, d'après Garand, in-8. Belle ép. — 2 25

605 **Chereau** (F.). Elisabeth Cheron, de l'Académie royale de peinture, d'après elle - même, in-fol. Très-belle ép. — 3

606 — Largillière. d'après lui-même, in-fol. Belle ép. collée en plein.

607 **Chereau** jeune. Mme de Sabran, d'ap. Vanloo. 2 portraits différents. — 7

608 **Choffard**. Auguste-Louis de Rossel, capitaine de vaisseau, d'après François. Joli portrait in-8. Très-belle ép. — 3 50

609 **Curtis**. Marie-Antoinette, d'après Dufroe, in-fol. imprimé en couleur. Epreuve superbe. — 7

610 **Daullé** (J.). Baron? d'après Detroy, in-fol. Très-belle ép. avant la lettre, collée en plein, sans marges. — 3 75

611 — Catherine Mignard, comtesse de Feuquière, d'après Mignard, in-fol. Epreuve superbe. Il y a derrière une feuille de papier collée. — 8 50

612 — Daguesseau, d'après Vivien, in-4. Très-belle ép. — 1 50

613 — Mme Favart dans le rôle de Bastienne, in-fol. Très-belle ép. — 4 25

11 50 **614** — Mlle Pélissier, d'après Drouais. 1re et superbe ép. avec l'*adresse de Drouais.*

4 **615** — La même. Très-belle ép. avec l'*adresse de Basan.*

4 50 **616 Delaunay** (N.). Nicolas Boileau, d'après Rigaud. Charmant petit portrait. Très-belle ép.

3 **617** — Gessner; J.-J. Rousseau, par Ingouf. 2 jolis petits portraits, d'après Marillier. Très-belles ép. avec marges.

3 50 **618 Delaunay** (R.). Mme Duchesnois. Joli petit portrait. Très-belle ép.

1 50 **619 Demarcenay.** Paulmy, comte d'Argenson, d'après Nattier, in-8. Ep. superbe.

2 **620** — Bayard. Ep. avant toute lettre.

2 50 **621** — Bayard; Charles V; le Président de Thou; Henri IV. 7 pièces.

2 50 **622** — Turenne, Villars. 2 pièces.

1 50 **623 Desnoyers** (Aug.). Jefferson, d'ap. Bouch, in-4. Très-belle ép.

6 50 **624 Desplaces.** Mme Duclos, d'après Largillière, in-fol. Très-belle ép. avec marges.

4 50 **625** — La même.

1 **626 Després.** Jean-Rodolphe Perronet, in-4. Très-belle ép.

19 **627 Desrochers.** Marie d'Hautefort, dame d'honneur de la reine Anne d'Autriche; Magdelaine de Scuderi, duchesse de Fontange; Marie-Jeanne Lhéritier; Anne d'Autriche; Marie-Louise-Elisabeth, duchesse de Berri; Elisabeth - Sophie Cheron; Anne-Thérèse de Marquenat de Courcelles; Ninon de Lenclos; Anne Stuart, reine d'Angleterre. 11 portraits.

628 **Dickinson** (W.). Napoléon Bonaparte, 1ᵉʳ consul, en pied, d'après Gros.   *5 50*

629 **Divers.** Marie Leczinska ; Marie-Thérèse, par   *30*
Lebeau ; Marie-Josephe de Saxe, par Aubert ;
Marie-Antoinette, Madame Elisabeth ; Charlotte
Corday, etc. 19 portraits.

630 — Comtesse de Lamotte, Mˡˡᵉ Leg uay d'Oliva   *10 50*
comtesse de Cagliostro. 6 portraits.

631 — Duchesse de Châteauroux, par Masquelier,   *11*
marquise de Sévigné, par Chereau ; Mᵐᵉ Dubo-
cage, par Tardieu ; Mᵐᵉ de Genlis, par Copia ;
Mᵐᵉ Necker, par Lips ; La Lescombat ; Mⁿᵉ Ro-
land, par Bonneville, etc. 20 portraits.

632 — Jodelet, Adrienne Lecouvreur, René Molé,   *30*
Mᵐᵉ Saint-Aubin, Le Kain, Talma, Mˡˡᵉ Georges
et Mˡˡᵉ Bourgoing, Mˡˡᵉ Duchesnois, Mˡˡᵉ Rau-
court, Fleury, Dazincourt, Baptiste Cadet,
Mˡˡᵉ Mars, Mᵐᵉ Saint-Huberti, Sophie Arnoult,
Mˡˡᵉˢ Clairon et Dumesnil, Mᵐᵉ Joly, Rachel,
Mᵐᵉ Malibran, Mᵐᵉ Pasta, etc. 69 portraits d'ac-
teurs et actrices.

633 — Catherine II ; Marguerite Pouget, femme de   *5 50*
Chardin ; Julie de Villeneuve, petite-fille de Mᵐᵉ de
Sévigné ; chevalière d'Eon ; marquise du Châte-
let ; Marie Chamand, etc. 18 portraits.

634 — Mᵐᵉ de Montespan, marquise de Simiane, Ni-   *11*
non de Lenclos, comtesse de Lafayette, Hortense
Mancini, comtesse d'Aulnoi, Marguerite de Lus-
san, etc. 23 portraits de femmes.

26 **635** Princesse de Conty; Marie-Anne d'Autriche, reine régente d'Espagne; Anne d'Autriche; Béatrix de Cusance; Héloïse; Jeanne-d'Arc, par Lemire; Henriette de Balzac; Marie de Médicis, etc. **32** portraits de femmes.

33 **636** — Préville et Angélique Drouin, sa femme; Marie-Anne Botot Dangeville, Mlle Sallé, Mlle Journet. **10** portraits.

11 **637** — Auretti, célèbre danseuse; ballet de Pygmalion; de Sylvie; Charlotte Desmares; Mlle Dangeville, d'après Pater; Mlle Sallé, d'après Lancret; ces deux dernières en mauvais état. **7** pièces.

25 **638** — Mme de Montespan, par Picart, en mauvais état; Louise-Adelaïde d'Orléans, abbesse de Chelles, par Drevet, mal conservée; Elisabeth de Gouy, par Willé; Catherine II, par J. Lanté, etc. **25** portraits.

20 **639** — Catherine de Gondi; Jeanne de Scepeaux; Marie de Pologne, reine de France; Mme de Graffigny; Catherine II, Marie-Antoinette, etc. **37** portraits.

10 **640** — Voltaire, par Langlois, avant la lettre; le même, avec un jésuite, par Lanté; Voltaire, au milieu des champs, s'entretenant avec des campagnards; autre pièce où figure Voltaire, avec ce titre : *Traité du sublime, Longin*, etc. **6** pièces.

7 **641** — J.-J. Rousseau, Tronchin, frère Côme, J. Delille, Fontenelle, Mirabeau, etc. **11** portraits.

11 **642** — Molière, duc de Montansier, Bossuet, Verjus, Bayle, Wasington, etc. **22** pièces.

643 — Mme de Gillier, Christine de Suède, par Nanteuil; marquis de Louvois, comte d'Harcourt, par Masson; duc de Choiseul-Amboise, par Fessard; Lebrun, par Edelinck, etc. 17 portraits.   21

644 — Duchange, Mozart, Lavater, Freron, Delalaplace, Law, Goldoni, etc. 23 portraits.   11

645 — Napoléon, par Debucourt; Berthier, par Alix; Bernadotte, par Alix, etc. 9 portraits.   10

646 Custine, Brune, Marceau, Championnet, Leclerc, Carrier, Robespierre, Couthon, Barère, par Bonneville et Fiesinger; Bonaparte, par Choffard; les frères Faucher, etc. 44 portraits.   19

647 D. M. 1770. Rabelais, d'après Léonard de Vinci, in-8. Très-belle ép.   6

648 Drevet (Claude). Jeune femme en Cérès, d'ap. Rigaud, in-fol. Très-belle ép.   2

649 Drevet (P.). Boileau, d'après Rigaud, in-fol.; le même, d'après Detroy, in-4. Sans marge.   2 25

650 — Cardinal Fleury, d'après Rigaud, in-fol. Très-belle ép.   3 25

651 — Hélène Lambert, d'ap. Largillière, in-fol. Belle ép.   3 25

652 — Marie de Laubespine, femme de Nicolas Lambert, in-fol. Belle ép.   5 50

653 — Adrienne Lecouvreur, d'après Coypel. Très-belle ép., sans marges.   3

654. — Jean-Antoine de Mesmes, comte d'Avaux, d'après Rigaud, in-fol. Belle ép.   4

655 — Christine-Charlotte, marquise de Brandebourg, in-fol. Très-belle ép.   5

656 — Maria Serre, mère d'Hyacinthe Rigaud, in-fol. Très-belle ép.

657 — Louis XV, enfant, guidé par Minerve, d'ap. Coypel, in-fol. Belle ép.

658 — Philippe V, roi d'Espagne; Hyacinthe Rigaud; Bossuet en pied; ce dernier déchiré en plusieurs endroits. 3 portraits in-fol.

659 **Dupin**. Mlle Clairon couronnant Voltaire, d'ap. Desrais. Ep. superbe.

660 **Dupin fils**. Charles-Philippe, comte d'Artois, colonel général des Suisses, d'après Hall. Joli portrait grand in-4. Très-belle ép., avec marges.

661 **Dupont** (Henriquel). Auguste-Marie-Jeanne de Baden-Baden, duchesse d'Orléans, in-fol. Belle épreuve.

662 **Dyck** (Van). Thomas Howard, comte de Portland. 2 pièces gravées par Hollar. (*Adresse de Meyssens*); plus, Charles Ier, gravé par Beckett.

663 — Catherine Howard, duchesse de Lennox, gravé par Arnold de Jode. Très-belle ép. avec l'adresse de *Martin Vanden Eden*, avec marges.

664 — Marguerite Lemon. *Adresse de G. Hendrix.*

665 Henriette-Marie, reine de la Grande-Bretagne; Geneviève d'Urfé, comtesse de Portland, Jeanne de Blois, Amélie de Solms, comtesse d'Aremberg, Béatrix de Cusance, Marie-Clara de Croi, princesse de Ligne, duchesse de Lenox. 11 portraits gravés par Hollar, Pierre de Jode, Natalis Pontius. *Cinq sont avec l'adresse de Meyssens.*

666 **Edelinck**, Bossuet, d'après Rigaud. R. D. 156. Très-belle ép. du 1er état. } 4 25
667 — Bussi-Rabutin. R. D. 162. Très-belle ép.

668 — Jean Curvo-Semmedo, médecin portugais, d'après Félix de Costa. R. D. 177. Très-belle ép., avec marges. 7

669 — Regnier de Graff. R. D. 219. 2e état. 4

670 — Marquis de Louvois. R. D. 261. Très-belle ép. du 1er état. *Il a un peu souffert dans le haut.* 6 50

671 — Moreri. R. D. 280. Très-belle ép. du 2e état. 4 75

672 — Blaise Pascal. R. D. 289. Belle ép. 4

673 **Esnauts et Rapilly** (chez). La comtesse du Barri, in-4. Belle ép., avec marges. 3

674 **Falck**. Baguslans Radzivil, in-fol. ; mal conservé. 4 50

675 **Fillœul**. Duchesse de Longueville, d'ap. Van Hull. Très-belle ép. *Avec l'adresse d'Odieuvre.* 1 25

676 **Fiquet**. Mme de Maintenon. Très-belle ép. 4 25

677 — Descartes, Montaigne. 2 pièces. 3

678 — Voltaire, J.-J. et J.-B. Rousseau, Crébillon, Saugrain, Charles Eisen ; ce dernier rogné autour de l'ovale. 6 pièces ; très-belles ép. 15

679 — Molière, Fenelon, Lafontaine, Regnard, Descartes, Pierre Corneille, Berghem. 7 pièces. 22

680 **Flipart**. François Couperin, compositeur organiste de la chapelle du roi, d'après Bouys, in-fol. Très-belle ép. ; Haydn, par Hardy. 2 pièces. 6

681 **Fole** (Jean). Virginie Lebrun, d'ap. Tofanelli ; Fortunata Sulgher, par R. Morghen. 2 pièces. 3 50

682 **Freschi**. Georges Cadoudal, in-4 en couleur. Très-belle ép. 5

1 75 **683 Gaillard.** Louise Ulrique, d'après Latinville. Très-belle ép. avec marges.

2 50 **684** — La même. Très-belle ép.

2 25 {
685 — Joly de Fleury, d'ap, Didier. In-fol. Belle ép.
686 Gérard (D'après). Portrait de jeune Femme en pied ; elle est accoudée sur une cheminée où l'on voit deux vases ; gravé par Dickinson ; **2** ép. différentes avant la lettre ; autre portrait de femme en pied, avant toute lettre. 3 grandes pièces en hauteur.

1 0 **687 Giffart** (P.). Mme de Maintenon, in-fol. Belle ép.

2 **688 Godefroy.** Bonaparte à la Malmaison, en pied, d'après Isabey, grand in-fol. Belle ép.

3 75 **689 Haas.** Frédéric II à cheval, d'ap. Wolff.

3 2 **690 Hondius** (Henri). Elisabeth, reine d'Angleterre, in-fol. Très-belle ép.

3 **691 Horthemels** (Marie). Princesse palatine, duchesse d'Orléans, d'après Rigaud, in-fol. Très-belle. ép.

7 **692 Howard** (F.). Chevalière d'Éon, d'après A. Kauffmann, in-4. Très-belle ép. d'un charmant portrait.

3 50 **693 Huber.** Mlle d'Oligny, d'après Vanloo, in-fol. Très-belle ép.

2 50 **694 Ingouf.** Duc de Luynes, d'ap. Guillet. Petit in-fol.

695 Isabey (D'après). Marie-Louise ; Mme Dugazon. 2 portraits en couleur.

1 50 **696 Jeaurat.** Vleughels, d'après Pesne. Très-belle ép. avec marges.

1697 Larmessin (de). Sœur Louise de la Miséri- *11 50*
corde (duchesse de La Vallière), in-4. Épreuve
superbe.

698 — Claude Hallé, d'après Legros, in-fol. Très- *2*
belle ép. avec marges.

699 — Catherine Opalinska, reine de Pologne, d'apr. *6*
Vanloo, in-fol. Belle ép. (*Une déchirure dans la
marge du bas*).

700 **Lebeau**. Marie-Antoinette, petit in-4. Très- *3 75*
belle ép.

701 — La comtesse du Barri, d'après Marilly, petit
in-4. Belle ép. avec marges. *5*

702 — La Marquise de Pompadour, d'après Qué-
verdo, in-8.

703 — Mlle Raucourt, petit in-4. Très-belle ép. *2 50*

704 — A.-R.-J. Turgot, contrôleur des finances, *2 25*
d'après Troy, in-4, *rare*. Très-belle ép.

705 **Lempereur**. Marquise du Châtelet, d'après *1 75*
Monnet, in-4. Belle ép.

706 **Lépicié**. Mme de Maintenon, d'après Mignard.
Très-belle ép. avec *l'adresse d'Odieuvre*. *6 50*

707 — Rosalba Carriera, d'après elle-même. Très-
belle ép. avec *l'adresse d'Odieuvre*.

— La même, *l'adresse effacée*.

708 **Levêque**. Portrait de Sedaine, d'après J.-L. *4 50*
David, in-4. Superbe ép. avant la lettre, avec
marges.

709 **Liotard** (J.-E.). *Alex. Fatio, veuve de M. le* *16*
*Sindic Pierre Lullin, née le 28 janvier 1659,
morte le 14 octobre 1762, dessinée d'après nature
par M. J.-E. Liotard en avril 1762, et gravée par*

un de ses arrière-petits-neveux en 1763, petit in-
fol. Très-belle ép.

2 / 710 — Elisabeth-Christine de Brunswick Wolfen-
buttel, gravé par J. C. Reinsperger. Grand et beau
portrait. Très-belle ép.

14. 50 711 **Lombart** (P.). Comtesses de Canarvaen, de
Carlisle, de Castlehaven, Herbert, Lucia de Carlisle, de Sunderland, de Bedfort, etc. 9 pièces,
d'ap. Van Dyck.

10 712 **Mariette, Trouvain**, etc. La Famille royale
de Savoie, duchesse de Lesdiguières, duchesse
de Parme, duchesse de Retz, duchesse de Ports-
mouth, duchesse de Chartres, etc. 8 pièces.
Ce numéro pourra être divisé.

14 713 **Martinet**. Différents acteurs dans leurs rôles.
45 pièces.

1 25 714 **Masquelier**. Pierre Demours, médecin ocu-
liste, d'après Latour, in-4. Très-belle ép.

18 715 **Masson** (Ant.). Anne d'Autriche, reine de
France, d'après P. Mignard. R. D., 11. Épreuve
superbe. Le bord, à gauche, est mal conservé.

2 ⎰ 716 — Pierre Dupuis. R. D. 25.
⎱ 717 — Rouxel de Médavy, archevêque de Rouen.

1 25 718 **Meerlen** (Th. Van). Jacqueline de Harlay, dame
d'Halincourt, in-fol. Très-belle ép.

5 719 **Mellan**. Henriette-Marie de Buade Frontenac;
Louise-Marie de Gonzague, reine de Pologne.
2 portraits in-fol.

5 50 720 — D'Elbène, Pierre Séguier. 2 pièces.

2 50 721 **Mercuri**. Christophe-Colomb, d'après un ta-
bleau du temps.

722 **Miger**. Mme Geoffrin, in-4. Belle ép.   2

723 — Jean Chirat, d'après Nonotte, petit in-fol.   1
Très-belle ép.

724 **Montcornet**. Marguerite de Béthune, duchesse   3
douairière de Rohan, in-4. Ép. superbe.

725 **Morace**. Angelica Kauffmann, d'après Rey-   3 25
nolds, in-fol. Très-belle ép.

726 **Moreau**. Voltaire se promenant dans un parc   2
et lisant; le même, par un anonyme; la tête
de Voltaire très-âgé, à l'eau-forte, au trait ; *rare*.
3 pièces.

727 **Nanteuil**. Chapelain. R. D. 60. Belle ép.
du 3e état.

728 — J.-B. Colbert. R. D. 72. Belle ép. du 2e état.   8 50

729 — Mme de Gillier. R. D. 103. Belle ép.

730 — Louis XIV. R. 155. Très-belle ép. du 2e état.   10

731 — Louise-Marie de Gonzague, reine de Pologne.
R. D. 164. Très-belle ép. du 2e état, sans
marges.

732 — George de Scudéri. R. D. 221. Très-belle ép.   9
du 1er état.

733 — Vicomte de Turenne. R. D. 232 Très-belle
ép. du 3e état, sans marge.

734 **Nattier** (D'après). Flore à son lever, sous la   5 50
figure d'une jeune femme assise sur des nuages
et répandant des fleurs. Charmante pièce gravée
par Maleuvre ; très-belle ép. avant toute lettre.
(*Il existe de nombreux trous de vers.*)

*C'est la fille du Régent mariée au prince de
Conti, et morte à 20 ans.*

735 — Marie-Louise-Thérèse Victoire (l'eau), Louise-Elisabeth, duchesse de Parme. 2 pièces gravées par Gaillard et Balechou. Très-belles ép. La marge est coupée au-dessous du titre.

736 — Les mêmes pièces; la première en très-belle épreuve.

737 **Pelletier**. Mlle Camille, d'après Delorme. Joli petit portrait. Très-belle ép.

738 **Petit**. Mme de Sévigné; la même, par Masquelier, d'après Petitot; la comtesse de Grignan, par Petit, Aubert et Pinssio. 5 portraits.

739 **Pigeot**. Charmant Portrait de femme en buste dans un médaillon ovale. Superbe ép. avant toute lettre.

740 **Pitau** (N.). Marie-Thérèse, reine de France, d'après Beaubrun, in-fol. Ep. superbe.

741 — La même. Très-belle ép.

742 **Poilly** (F.). Mme de la Mothe-Houdoncourt, in-fol. Très-belle ép.

743 — 1660. Cardinal Mazarin, d'après Mignard, in-fol. Belle ép. (*Quelques égratignures au-dessus de la tête.*)

744 **Pruneau**. Mlle Rosalie Levasseur, in-4. Ep. superbe avec marges.

745 **Queeboren** (C.-V.). Marie, fille du roi d'Angleterre, princesse d'Orange, d'après Van Dyck, in-fol. Très-belle ép.

746 **Quenedey**. Mozart, Piccini, par Cathelin, d'ap. Robineau; Glück, par Miger, d'après Duplessis; Haydn, par Bartolozzi, d'après Ott. 4 pièces.

747 **Rados** (L.). Jérôme Napoléon, roi de Wets- | 1
phalie, en pied, d'après Bosio.

748 **Regnesson** (N.). Duchesse de Longueville, | 14
d'après Chauveau. Charmant portrait in-8, *très-
rare*; le bord, à droite, est déchiqueté du haut
en bas.

749 **Roullet**, Michel Letellier Charmant petit por- | 2 25
trait dans un entourage de S. Leclerc.

750 **Rubens** (D'après). Buste de la femme de Ru- | 1 25
bens; elle est coiffée d'un large chapeau avec
plumes, à l'eau-forte. Cette pièce est signée :
P. P. Rubens pt.

751 **Saint-Aubin** (Aug. de). Amelot, Guerillot, | 7 50
L Cars, Dumont le Romain, Dumont amateur,
Beaumarchais, Voltaire entre Freron et la Bau-
melle, Thomas Walpole. 8 portraits

752 — Lekain, d'après Lenoir; le même, par Elluin, | 4
d'après Bertaux, et par Chatelin, d'après Toqué.
3 pièces.

753 — Le Duc et la Duchesse de Chartres, d'après | 10
Lepeintre; Duchesse de Chartres, par Henriquez,
d'après Duplessis, in-fol. 2 pièces.

754 — Fortunée-Marie d'Est, princesse de Conti, | 4 50
d'après Cochin. Joli petit portrait.

755 **Savart**. Rabelais, Richelieu. 2 pièces. | 2 25

756 — Buffon, d'après Drouais, in-8. Belle ép. | 2 75

757 — Catinat, le Grand Condé, N. Boileau, Fénelon, | 9
Labruyère. 5 pièces.

758 **Schmidt**. J.-B. Rousseau, d'après Aved, petit | 4 50
in-fol. Très-belle ép.

3 50 759 — Adrienne Lecouvreur, d'après Fontaine. Charmant petit portrait. Très-belle ép. avant que l'adresse d'Odieuvre ait été effacée.

9 50 760 — Marquise de Sévigné, d'après Ferdinand. Charmant portrait. Epreuve superbe avant que l'adresse d'Odieuvre ait été effacée.

1 761 — Anne Delavigne, d'ap. Ferdinand. Très-belle ép., avec *l'adresse d'Odieuvre*.

10 50 762 **Schuppen** (P. Van). Edwige-Eléonore, reine de Suède, d'ap. Klooker, in-fol. Très-belle ép.

8 50 763 — Anne de Courtenay, dame de Rosny et de Bontin, in-fol. Très-belle ép.

6 50 764 **Surugue** (L.). Mme de ***, en habit de bal (Mme de Mouchy), d'après Ch. Coypel, in-fol. Très-belle ép. (*Il existe des trous de vers dans les vêtements et sur le fauteuil.*)
— La même, à la manière noire.

5 50 765 **Suyderhoef**. Henriette-Marie, reine d'Angleterre, d'après Van Dyck, in-fol Ep. superbe.

2 75 766 **Tardieu**, Marie, princesse de Pologne, reine de France, d'après Nattier, in-fol. (*Déchirures dans la marge du bas.*)

1 25 767 — (J.). Oudry, d'après Largillière, in-fol. Belle ép.

13 50 768 **Tassaert**. Charlotte Corday, d'après Haver. Superbe ép. avant la lettre.

3 769 **Trouvain**, 1697. Denise Camusat, femme de Pierre Le Petit, in-fol Très-belle ép.

770 — Jouvenet, d'après lui-même, in-fol. Belle ép.

771 **Valée** (S.). Portrait de jeune femme ayant près   2 75
d'elle un petit nègre qui lui présente une corbeille de fleurs, d'après Rigaud, in-fol. Très-
belle ép.

772 **Vangelisty**. Anne-Marie Martinozzi, princesse   2 75
de Conty, d'après Petitot. Très-belle ép. avec
marges.

773 **Vercolie** (A Paris, chez). Malborough, in-fol.   4 75
Belle ép.

774 **Vermeulen**. Louis de Clermont, évêque de
Loudun, d'après Rigaud, in-fol. Belle ép.

775 — Agnès - Françoise Lelouchier, comtesse   7 50
d'Arco, d'après Vivien, in-fol. Belle ép.

776 — Duc de Luxembourg, Catinat **2** portraits
in-fol.

777 **Vérité**. Princesse de Lamballe, d'après Mme Le-   2 25
brun, in-8.

778 **Watson** (J.) Mme Du Barri, d'après Drouais,   5 50
in-fol. à la manière noire. Très-belle ép.

779 **Young**. Le Feld-maréchal Wurmser, d'après   1
Brand, in fol. en couleur. Très-belle ép. avec
marges.

ESTAMPES MODERNES & LITHOGRAPHIES

780 **Aubri-Lecomte**. Mme Récamier sur un lit de   3
repos, dans sa bibliothèque, d'après de Juinne;
lith.

781 **Audouin**. Vénus blessée.   3

2 75 782 **Bervic**. L'éducation d'Achille, d'après Regnault. Très-belle ép.

2 50 783 **Bettelini**. *Mater divinæ sapientiæ*, d'après Titien.

5 50 784 **Biondi** (O.). La Vierge et l'Enfant Jésus, d'après Raphaël.

1 785 **Boilly** (A.). La Vierge et l'Enfant Jésus, d'après Murillo.

2 786 **Boix** (Esteban). Visite de la Vierge à sainte Élisabeth, d'après Raphaël.

11 787 **Charlet**. Elle a le cœur français, l'ancienne, Grenadier à cheval, Voilà pourtant comme je serai dimanche, le premier et le second Coup de feu, Ils sont tous enfants de la France, 15 août; 3 pièces, d'après Charlet, etc. 21 pièces.

11 788 — J'ai vu le Nil et la Bérésina, la petite Armée française, l'Ancien est asphyxié, Seriez-vous sensible? J'aime la couleur, le bon Mari! Je m'appelle César, le Lendemain du Mardi-Gras, etc. 34 pièces.

1 789 **Desnoyers** (Aug.). La Vierge au Donataire, d'après Raphaël; en mauvais état.

3 . 790 — An X. Pénibles adieux (Louis XVI), d'après Hllaire L... an VI. Très-belle ép.

5 50 791 — Bélisaire, d'après Gérard.

2 792 **Dien**. Martyre de sainte Cécile, d'après J. Romain.

3 25 397 **Divers**. Un Sermon sur la Tempérance, par Leroy; cette Ninon, par Riffaut, d'après Darcy; Jeune fille effeuillant une Marguerite, etc. 5 pièces.

794 **Dupont** (Henriquel). Lord Strafford, d'après 3
Delaroche.

795 **Errani, Mancion.** Sujets de Vierge, d'après 2
Titien. 2 pièces avant la lettre.

796 **Folo** (G.). Diane et ses Nymphes, d'après Nocchi. 2 25
Très-belle ép.

797 **Forster**. La Vierge de la maison d'Orléans, 8 50
d'après Raphaël.

798 — Uranie ; Thalie, par Leroux, 2 pièces d'après
Raphaël. 3 25

799 — Portrait de femme, d'après Véronèse.

800 — Paris 1846 Her most gracious Majesty the 5
Queen, d'après Winterhalter. Très-belle ép.

801 **Fusinati** (G.). La Pénitente, d'après Titien. 2 25

802 **Gavarni**. Souvenirs du Carnaval, Fourberies 41
de Femmes, la Vie de jeune Homme, les Bals
masqués, le Carnaval à Paris, les Débardeurs, etc.
104 pièces, dont 15 coloriées.

803 Travestissements, Physionomies des Chanteurs, 65
Études d'enfants, Types contemporains, Mas-
ques et Visages, etc. 159 pièces.

804 **Geoffroy** (C.). Médée, d'après Eug. Delacroix. 4 25
Très-belle ép.

805 **Goya** (Fco.). Caprices. Recueil de 80 pièces. 6 2

806 — El famoso Americano Mariano Ceballos (com- 1 5
bat de taureaux); lithographie.

807 **Granville**. Voyage pour l'Éternité. Les 7 pre- 3
miers numéros; les numéros 1, 3, 4, 7 coloriés.

808 **Guérin**. L'Amour désarmé, d'après Corrége. 5 50
Jupiter et Antiope, par Pasquier, 2 pièces. Très-
belles ép.

5   **809 Isabey** (Eug). Radoub d'une barque à marée basse, Marée basse, Retour au port, Intérieur d'un port, environs de Dieppe. 5 lith.

11   50   **810 Jazet.** Salon de 1823, Charles X distribuant des récompenses aux artistes. Très-grande pièce, d'après Heim. (*Une déchirure dans le haut.*)

4   **811 Leisnier.** La Fornarina, d'après Raphaël. Très-belle ép.

      812 — La même pièce.

2   **813 Leonetti** (J.-B.). *Diliges Dominum Deum tuum*, d'après Raphaël.

      814 Lepri (G.). Madona detta del Garofalo, d'après Raphaël.

11   50   **815 Leroux.** Léda, d'après Léonard de Vinci. Très-belle ép.

1   816 — Dame à l'éventail, d'après Velasquez. Très-belle ép.

6   **817 Lignon** (F.), 1832. Louis-Philippe en pied, d'après L. Dupré.

5   50   **818 Lurat.** La Vierge et l'Enfant Jésus, d'après Raphaël. Ép. avant la lettre.

3   **819 Mancion.** Madona con Bambino et santa Caterina; *Mater div. sapientiæ*, par Bettelini. 2 pièces, d'après Titien.

4   50   **820 Martinez** (Domingo). La Vierge et l'Enfant Jésus, d'après Murillo. Ep. avant la lettre.

2   821 — Les pèlerins d'Emmaüs, d'après Titien. Ép. avant la lettre.

5   50   **822 Massard** (J.-B.-L.). La Vierge au linge, d'après Raphaël.

823 **Massard** (R.-U.). Lonis XVIII en manteau   3 75
royal, assis sur le trône, d'après Gérard.

824 **Meyer** (Mlle). L'Innocence préfère l'Amour à la   1
Richesse, gravé par Roger.

825 **Monnier** (Henri). Galerie théâtrale, un Café,   6 0
Marchand d'estampes, un Ministre et sa famille,
le Retour des matelots, Impressions de voyages,
Marchandes de modes, Club des fermiers, Vues
de Paris, Scènes de mœurs, Esquisses parisiennes,
Grisettes, Béranger, etc. 116 pièces.

826 **Morghen** (R. et Ant). La Transfiguration,   17
d'après Raphaël ; encadrée.

827 — La Vierge et l'Enfant Jésus, saint Jean, d'après   12 50
Raphaël ; *Matér divinæ gratiæ*, d'après Garafolo ;
Angélique et Médor, d'après Matteini. 3 pièces.

828 — La Charité, d'après Corrége ; Mariage mysti-
que de sainte Catherine, par Lorichon ; la Vierge
embrassant l'Enfant Jésus, par Bettelini. 3 pièces.   5 50

829 — Portrait d'homme, d'après Mireveld.

830 **Muller** (J.-G.). Sainte Catherine. d'après L. de   2
Vinci.

831 **Pavon** (Ignace). La Cène, d'après Léonard de   7
Vinci. Très-belle ép.

832 **Pelée**. La Vierge au poisson, d'après Raphaël.   2

833 **Raffet**. C'est la grande Revue, le Réveil, Ma   10 50
foi, ma chère, il n'est tel qu'une grande tenue,
Ah ! c'te balle, Il est défendu de fumer. 7 pièces.

834 **Raimbach**. Jupiter et Antiope, d'après Titien.
Très-belle ép.   1 50

835 — La même pièce.

5

836 **Rainaldi**. L'Enlèvement d'Europe, d'ap. Véronèse ; Diane et Actéon, d'ap. l'Albane. **2 pièc.**

837 — Joseph et la femme de Putiphar, d'après Biliverti. Très-belle ép.

8 50 838 **Richomme**. Triomphe de Galatée, d'ap. Raphaël ; Neptune et Amphitrite, d'ap. J. Romain.

1 75 839 **Riffaut**. Un petit Souper du Régent, d'après Emile Wattier.

2 50 840 **Titien** (D'après). Assomption de la Vierge.

8 841 **Toschi** (P.). Madona della Tenda, d'après Raphaël.

1 50 842 **Vibert**. La Leçon de basse, d'après Netscher.

2 75 843 **Vinci**. La Vierge tenant sur ses genoux l'Enfant-Jésus qui prend le plateau d'une balance que tient un Archange. Très-belle ép., sans marges.

2 75 844 **Vitali**. Vénus désarmant l'Amour, d'ap. Véronèse.

ÉCOLE ANGLAISE

1 845 **Alix**. Régulus, d'ap. B. West.

3 25 846 **Ardell** (Mac). Comtesse de Southampton, d'ap. Vandyck, in-fol. Ep. superbe.

8 847 — Comtesse Stanhope, jeune Fille jouant au bilboquet, autre tenant un chat, Anne Sandby, Lady Mac Kintosch. 5 pièces.

2 2 848 — Garrick and mistress Cibber, in the characters of Jaffier ; Garrick in the characters of John Brute, d'ap. Zoffany ; King and Mistress Braddeley, par Earlom ; deux autres pièces, par J.-R. Smith et J. Jones. 5 pièces.

849 **Baron**. Sainte Cécile, d'après Carlo Dolci. *1* *25*

850 **Bartolozzi**. La femme d'Holbein. d'après lui *3*
même ; en couleur.

851 — Miss Wallis ; beau portrait en pied, in-fol., en *2* *50*
couleur.

8 2 — Prince de Galles, d'après Russel. *2* *25*

853 — Vénus, Cupidon and satyr, d'après Luca Giordano. Très-belle ép.

854 — The Fair Alsacien une Muse, Liberality, etc. *3* *25*
6 pièces ; très-belles ép,

855 — Le Colin-Maillard, d'ap. A. Kauffman. Sup.
ép. avant la lettre, avec marges.

856 — Léda, Bacchante, d'après Pellegrini ; Jupiter *14*
et Io, d'après Corrége ; Cérès, Pomone, d'après
A. Kauffman ; Grecian Lady, d'après R. Cos-
way, etc. 14 pièces ; très-belles ép

857 **Boydell** (J.). Jason et Médée, ballet tragi- *5*
que ; les Caprices de la goutte. 2 pièces.

858 **Burke**. Duchesse de Richemond. Joli portrait
en couleur. *3* *50*

859 — Lady Rushout et Daughter, d'après A Kauffmann. Jolie pièce en couleur. Très-belle ép.

860 — Jeune Fille tressant une couronne de fleurs, *4* *50*
Jeune Fille ayant un lion à ses pieds. 2 jolies
pièces d'après A. Kauffman. Ép. superbes, avec
marges.

861 **Caldwal** (J.). Miss Siddons dans la tragédie *1* *75*
d'Isabelle, d'après Hamilton. Très-belle ép.

862 **Cardon**. Miss Duncan. Charmant portrait en *5*
couleur. Ép. superbe.

10   **863 Caricatures anglaises**. 19 pièces.

76   **864** — 42 pièces.

40   **865** — 60 pièces.

35   **866** — 70 pièces.

50   **867** -- 79 pièces.

26   **868** — 80 pièces.

30   **869** — 87 pièces.

51   **870** — 92 pièces.

66   **871** -- 105 pièces.

43   **872** — 108 pièces.

58   **873** — 116 pièces.

7   **874 Cheesman**. Général Washington, en pied, d'après Trumbull. Grand in-fol.; très-belle ép.

875 — Miss Blomfield, d'après Adam Buck; en couleur.

1 25   **876 Clint** (G.). William Pitt, d'ap. Hopner; autre, par Sherwin, d'ap. Gainsborough. 2 pièces.

3 50   **877 Collett** (D'après). The Englishman in Paris, — Discordant matrimony, — The Elopement, etc. 5 pièces gravées par Caldwal et Goldar.

1 25   **878** — The Refusal, — The Sacrifice, — The Recruiting serjeant. 3 pièces gravées par Goldar.

7   **879 Cooper et autres**. Différents acteurs anglais dans leurs rôles. 13 pièces.

2 50   **880 Corbutt**. Portrait de jeune femme, d'après Titien. Épreuve superbe.

1 50   **881 Cousins** (Samuel). Lord Aberdeen, d'après Thomas Lawrence.

882 **Daniell** (Thomas et William). Oriental Scenery : *13*
Twenty four Views in Hindostan. Recueil oblong
grand in-fol, contenant : 25 planches, y compris le titre.

   Dans le même recueil : Antiquities of India.
13 planches, y compris le titre, en couleur.

883 **Divers**. De W. Ward, J.-R. Smith, autres *10 50*
d'après Morland, A. Kauffmann, etc. 25 pièces.

884 — A Sale of English Beautys, the Morning after *15*
mariage, the growing Desire, Ninette, A fruit
Market, etc. 21 pièces.

885 — Mistress E. Bouverie, par J.-R. Smith ; miss *14*
Stephens, par H. Meyer ; mistress Stephenson,
par Freschi ; Elisabeth Alexiewna, impératrice
de Russie, par Walker, etc. 9 pièces en couleur.

886 — Comtesse de Rutland ; duchesse de Grafton, *14*
par J. Smith ; miss Meltcafe, par Fynlaison ; mistress Swinburne, par Doughti ; Jeune Femme
couchée, par Dickinson, etc 11 pièces.

887 — Portraits de Femmes, d'après P. Lely ; The *7 50*
Falconer, d'après Northcote, etc. 12 pièces.

888 — Michel et Isabelle Oginski, miss Decamp, *40*
miss Mellon, miss Blomfield, miss Waddy, mistress Muller, Isabella Czartoriska, etc. 16 jolis
portraits en couleur.

889 — Lady Leicester, miss Trimmer, par Corbutt ; *11*
Marie, reine d'Angleterre, par J. Smith ; Reine
de Danemark, avant la lettre, etc. 7 pièces, très-
belles ép.

890 — The mayor of Garratt, Rembrants mother, *10 50*
The harmonic meeting, etc. 14 pièces.

16	**891** — Painting, Sophia, The morning Toilette. The poor Soldier, Petite Fruitière anglaise, etc. 31 pièces en couleur
4 50	**892 Earlom.** Exposition de l'Académie royale de peinture en 1771. **893** — Intérieur du Panthéon de Londres, d'ap. Brandom.
4	**894** — Batsheba bringing Abishag to David, d'ap. Vanderverf.
8 50	**895** — Marie-Magdelaine baisant les pieds du Christ, d'après Rubens. Belle ép. **896** — La Vierge et l'Enfant Jésus, d'après le Guerchin. Très-belle ép. **897** — Galatée, Bacchus, d'après Lucas Giordano. 2 pièces.
3 25	**898** — Duc d'Aremberg, à cheval, d'après Van Dyck.
1	**899 Every.** Fanny Cerrito, in-fol.
5 50	**900 Faber** (J.). Mistress Vanderbank, Jeune Femme tenant une corbeille de fleurs, Constantin Phillips, compositions d'après Mercier. 6 pièces.
1 25	**901 Fisher.** Lord Chatham, d'ap. Brompton, grand in-fol. en couleur.
6	**902 Fynlaison.** Vicomtesse Villiers, d'après Calze, in-fol. **903 Green** (Val.). Miss Stuart, d'ap. Willison.
14	**904** — Mistress Green; Jeune Fille tenant une colombe, avant et avec la lettre; mistress Lemaître, avant la lettre; portrait de jeune Femme, d'après Calze; Rosette, avant la lettre. 6 pièces; très-belles ép.

905 — Samson livré aux Philistins, d'ap. Rubens. 8

906 — A Winters Tale, d'ap. Opie. Ep. superbe. } 6

907 — Léda, d'ap. Willison.

908 **Grozer**. Cérémonie du mariage du duc et de la 5 50
duchesse d'Yorck, d'ap. Singleton.

909 **Heideloff**. 1797. Gallery of fashion. 19 pièces. 14
Jolis costumes de modes anglaises, en couleur.

910 **Hodgetts**. Le prince Talleyrand, d'après 2
Scheffer, in-fol. Très-belle ép.

911 **Hogarth** (D'après). Les planches 2, 3 et 5 du 11
Mariage à la mode, gravé par Baron et Ravenet;
Compagnie de Comédiens. 4 pièces.

912 **Holbein** (D'après). Famille de Thomas Morus, 3
pièce imprimée en couleur. Très-belle ép.

913 **Houston** (Richard). Miss Harriot Powel; du- 5 50
chesse Hamilton; mistress Brooks. 3 pièces.
Très-belles ép.

914 **Hunt**. The Water Lily, d'ap. Bouvier.

915 **Jones** (J.). R. Edgcumbe, lord W. Russel, lady
Caroline Spencer, d'après J. Robert; M. Orger,
miss Cubitt, etc., par Lupton, d'ap. Clint.
2 pièces. } 13 50

916 — Signora Baccelli, d'après Gainsborough. Très-
belle ép.

917 — Trois jeunes Femmes, d'ap. Fuseli. Sup. ép.
avant la lettre.

918 **Kirkall**. Nymphe au bain, d'après Fouché. 1
Très-belle ép.

919 **Knigt**. British Plenty, d'ap. Singleton. 6 50

920 **Landseer** (D'après). Chien couché, gravé par 4
Davey; Canards. par John Burnet. 2 pièces.

7 50 **921** — 5 Pièces.

2 **922 Lowrie**. Portrait de jeune femme, le Confesseur. 2 pièces. Très-belles ép. avant la lettre.

2 25 **923 Mortimer**. Figures de : York, Lear, Poet, Béatrice, Ophélia, Cassandre. 6 pièces. Très-belles ép.

5 50 **924 Murphy**. Le Tigre, d'après Northcote.

2 **925 Ogborne**. Mistress Jordan, d'après Romney, in-fol. Joli portrait en couleur. Très-belle ép. avec grandes marges.

1 25 **926 Parker** (J.). The Novel, the Ticket. 2 pièces, d'après Northcote. The gold Finch, d'ap. Weatly, gravé par Bartolozzi. 3 pièces Très-belles ép.

3 50 **927 Pether** (W.). La Femme de Rembrandt, in-fol. Très-belle ép.

3 **928** — Soldat à mi-corps, d'après Giorgion, avant la lettre.

7 50 **929 Reynolds** (Joshua). Jeune Femme assise, ayant près d'elle un jeune garçon, gravé par J. Dixon. Très-belle ép. avant la lettre.

7 50 **930** — Mistress Chalmondley, comtesse de Waldegrave. 2 pièces gravées par Corbut.

10 **931** — Lady Melbourne, Miss Wyniard. 2 pièces gravées par Fynlaison.

9 50 **932** — Mistress Bull. Très-belle ép. avant toute lettre.

7 **933** — Jeune Femme assise, gravé par Spilsbury. Très-belle ép.

934 — Duchesse de Malborough, Mistress Barring- 14
ton, Comtesse de Northumberland, Duchesse
d'Hamilton, Comtesse Waldegrave. 5 pièces gravées par R. Houston.

935 — Miss Fish, Lady Carpenter, Lady Gideon, 11
Comtesse de Sefton, Lady Scarsdale, Jeune
Femme assise tenant un mouchoir. 6 pièces gra-
vées par J. Watson.

936 — Jeune Femme tenant un oiseau sur une main, 20
gravé par R. Houston. Très-belle ép. avant la
lettre.

937 — Lady Stanhope en pied, gravé par Watson. 8 50
Très-belle ép.

938 — Vicomtesse Crosbie, Lady Charles Spencer. 17 50
2 pièces gravées par W. Dickinson.

939 — Lady Elisabeth Lee, Lady Sarah Bunbury. 30
2 pièces gravées par E. Fisher.

940 — Mistress Abington, gravé par J. Watson. 6
Très-belle ép.

941 — Samuel Johnson, gravé par W. Doughby. 12 50
Epreuve superbe.

942 — Jeune Femme, en pied, recevant la ceinture 12
de Vénus, gravé par J. Dixon. Très-belle ép.

943 — Jeune Fille tenant un oiseau sur une main, 15
Jeune Femme accoudée, une main sur un livre,
Miss Ketty Fisher, Comtesse de Northumberland.
5 pièces gravées par E. Fisher.

944 — Lady Smith, El. Foster, Comtesse Harrington, 20
Philip Yorck, Jeune Fille tenant un oiseau mort,
Lord Burgherst, Miss Bingham, etc. 10 pièces
gravées par Bartolozzi.

3   **945** — Jeune Femme couronnée de fleurs, gravé par R. Smith; Hébé, par **A. Briceau**; la Beauté sacrifiant aux **Grâces**, par **Lucien**. 3 pièces.

3   **946** — Lady Louisa Manners; gravé par Knigt, en couleur.

10 *50*   **947** — **Miss Greenway, Lady Charlotte Johnston, Lady Stanhope, Mistress Lascelles, Miss Fordyce.** 5 pièces gravées par Corbutt.

13   **948** — **Muscipula**, gravé par **John Jones.** Jolie pièce en couleur.

1 *75*   **949** — **Prince Serge and princess Barbara Gagarin,** gravé par **Caroline Watson.** Jolie petite pièce en couleur.

18   **950** — **Nymphe endormie,** gravé par **F. Haward.** Très-belle ép.

     951 — Jeune Femme assise ayant près d'elle deux enfants, Lady Aylesford. **2 pièces** gravées par **V. Green.**

9 *50*   **952** — **11 Portraits de femmes,** gravés par **Mac Ardell.**

5   **953** — Portraits de femmes, gravés par **S.-W. Reynolds 8 pièces** in-4

20   **954** — Portraits et Sujets. 23 pièces.

11   **955** — Portraits d'hommes, gravés par divers. 23 pièces.

15 *50*   **956** — Portraits de femmes, petit format. 35 pièces gravées par divers.

29   **957** — Portraits de femmes, gravés par divers. 14 pièces.

13   **958** -- Portraits de femmes, gravés par divers. 25 pièces.

959 — Portraits de femmes, gravés par divers. *15*
20 pièces.

960 — Différents Sujets, gravés par divers. 41 pièces. *25*

961 — Portraits et Sujets, gravés par divers. *13 50*
46 pièces.

962 — Petits Portraits et sujets divers. 49 pièces. *22*

963 **Rubens** (D'après). Les Trois Grâces, gravé par *3 75*
Michel; la Famille de Rubens, par Tassaert.
2 pièces.

964 **Ryland**. Marianne. Jolie pièce en couleur. *2*

965 **Saillard**. La Femme de Rubens, d'ap. Van *19*
Dyck, avant la lettre; autre par Earlom, d'après
Rubens; autre, nue et drapée, par J. M. 3 pièces.
Très-belles ép.

966 **Simon** (P.). Trois Commères de Windsor, d'ap. *10 50*
W. Peters. Très-belle ép. avant la lettre.

967 **Smirke** (D'après). Vignettes pour Gilblas, gra- *3*
vées par Smith, Raimbach, etc. 18 pièces.

968 **Smith** (Benj.). Georges III, roi d'Angleterre, *1*
d'après Beechey, in-fol. en couleur.

969 **Smith** (J.). Mars et Vénus, Hercule et Déjanire, *14*
Vulcain et Cérès, Pluton et Proserpine, Cupidon
et Psyché, Apollon et Daphné, Jupiter, Junon et
Io. 7 pièces, d'après Titien.

970 — Des Anges adorant l'Enfant Jésus, la Vierge, *5*
l'Enfant Jésus et saint Jean, l'Amour et Psyché,
Diane et Actéon; deux compositions différentes.
5 pièces.

971 **Smith** (J.-R.). Mlle Parisot, danseuse, d'ap. *6*
Devis; in-fol. Jolie pièce en couleur. Très-belle
épreuve.

3 75 972 — Mistress Mills, d'ap. Engleheart. Jolie pièce en couleur.

10 973 — Promenade à Carlisle-House. Très-belle ép. d'une jolie pièce.

7 974 — Ce qu'il vous plaira ; the Broken Pitcher, par Jukes, d'ap. Hoppner ; Temptation, d'ap. Ramberg : The fair Seducter, d'ap. Morland. 4 p.

975 — The fortune Teller, d'ap. Peters. Très-belle épreuve.

4 75 976 — A cremonese Lady ; Love in her eye, Sits playing, d'après Peters ; Portrait de Femme, d'après Hone. 3 pièces.

977 — Léar et Cordelia, d'ap. Fuseli.

1 25 978 **Thew** (R.). Conjugal affection, d'ap. Smirke, en couleur.

4 50 979 **Thompson**. Miss Thompson, d'après J.-R. Smith. Joli portrait en couleur.

4 980 **Tomkins**. Jeune Femme prenant une prise dans la tabatière d'un vieil adorateur, d'après Ansell. Jolie pièce en couleur.

2 981 **Turner** (C.). Miss Duncan, Miss Mellon, Marie Thérèse-Charlotte de France, Comtesse Spencer, Lady Leicester, Mistress Withmore. 6 beaux portraits en couleur.

12 50 982 — Mistress Mountain, d'ap. Masquerier ; Miss Stephens, par Meyer, d'ap. Harlow ; Mistress Hibbert, par J. Ward, d'ap. Hoppner. 5 beaux portraits de femmes.

6 50 983 — Margaret M. Elphinston, d'après Sanders. Très-belle ép.

984 — The fortune Teller, d'ap. Owen.

985 **Ward** (J.). The Alpine Traveller, d'après   2
Northcote. Très-belle ép.

986 **Ward** (W.) Garrick in the Green Room, d'ap.   3 75
Hogarth. Très-belle ép.

987 — La Fête au grand-papa, d'ap. Smith.

988 **Watson** (J.). Couple d'amoureux, d'après   4 50
Morelse.

989 — Portrait de jeune Femme debout, ayant près   3 25
d'elle un paon, d'ap. Kettle. Très-belle ép.

990 — Vertumne et Pomone, d'ap. Netscher. Su-   7 50
perbe ép. avant la lettre.

991 — The musical Lady, d'ap. Metzu. Très-belle   4
ép. avec marges.

992 — La Vierge, l'Enfant Jésus et saint Jean, d'ap.
le Corrège. Très-belle ép.

993 **Wilkin** (C.). Lady Duncombe. — Lady Vil-   4 75
liers. — Vicomtesse Saint-Asaph. — Mistress
Parkins. 4 pièces. Très-belles ép.

994 **Woodman**. Jugement de Pàris, d'ap. Rubens   3 75
avant la lettre.

995 — Sous ce numéro seront vendues par lots les   14
Pièces non cataloguées.

DESSINS

996 **Bellangé?** Un soldat de la République debout   2
appuyé sur son fusil. Dessin à plusieurs crayons.

997 **Boilly**. Une jeune Femme tient sur ses genoux   5 50
un chien qu'un jeune homme excite avec la
main.

3 | 998 **Borel**, 1790. Jeune Fille debout devant l'autel de l'Amour, Faune debout jouant du hautbois près d'une Nymphe couchée. 2 dessins à la sanguine.

16 | 999 **Bosio** (Manière de). Le Trente-un à la maison de jeu du Palais-Royal, n° 113. Joli dessin. (Costumes d'Incroyables.)

1 | 1000 **Roth** (André). Bataille de paysans.

17 | 1001 **Boucher**. Tête de jeune Garçon. — Calypso et ses Nymphes accueillant Télémaque et Nestor, par Eisen. Jeune Mère allaitant un enfant, par Lebarbier. 3 dessins.

1 | 1002 **Breughel** (Manière de). Diableries. 1 dessin.

5 50 | 1003 **Callot** (Manière de). Costumes de l'époque Louis XIII. 5 dessins à la sanguine.

2 50 | 1004 **Debucourt** (Manière de). Ce qui est bon à prendre n'est pas toujours bon à garder. 1 dessin.

15 50 | 1005 **Divers**. Marie-Antoinette, la Princesse de Lamballe, en pied, en riches costumes. 2 dessins coloriés à plusieurs tons.

11 | 1006 — Mlle de Salignac. — La comtesse de Polastron. — Marie-Antoinette. — Autres portraits de Femmes. — Un Cardinal. 15 dessins.

7 | 1007 — Jeune Femme assise à la sortie d'un bain. — Bustes de Femmes avec coiffures de 1788. — Tête de jeune fille. — Vieillard assis jouant avec deux enfants, etc. 8 dessins.

22 | 1008 — Les Vendanges. — Concert grotesque. — Un Banquet. — Mme Vestris dansant, etc. 15 dessins.

1009 — Vénus endormie entourée d'Amours. — Diane et Actéon. — Escalier d'un palais. — Il Giocco alla moda del frulone, etc. 8 dessins. *21*

1010 — Enlèvement de Déjanire. — Une Bacchanale. 2 grands et beaux dessins. *4 50*

1011 — Sujets de Baigneuses. 6 grands dessins au fusain, rehaussés de blanc. *1 50*

1012 — Cueillette de fruits, signé I. W. — la Bouche de la Vérité, par Lemonnier, 1779. — Zeuxis choisissant un modèle parmi les femmes d'Arcadie. — Ronde burlesque autour d'un autodafé. 7 dessins. *8 50*

1013 — Napoléon Ier sur un char à quatre chevaux, guidés par la Victoire. *2 75*

1014 — Portraits de Femmes et costumes de modes. 12 dessins. *8*

1015 — Allégories, Paysages, Vues, etc. 20 dessins. *15*

1016 — Costumes de 1796 à 1805. — Psyché et l'Amour. — Buste de jeune Fille, etc. 9 dessins. *3 50*

1017 — Portrait de jeune Femme. — Jeune Fille donnant à manger à un chien. — Paysage, etc. 7 dessins. *3 75*

1018 — Portrait de jeune Femme dans un médaillon ovale avec tablette au-dessous. Joli dessin à l'aquarelle. *5*

1019 — Nymphe enlevée par des Amours. Joli dessin.

1020 — Suzanne au bain. Gouache ancienne. *4*

1021 — Bal de Cythère à Versailles pour le mariage du dauphin, en 1747. A la plume. *15*

1022 — Le Savetier et le Financier, le Mari battu et content. 2 petites gouaches. *20*

1023 — Zéphyr et Flore, un Plafond, la Jarretière, deux jeunes Filles cueillant des fruits, — jeune Femme jouant de la harpe. etc. 25 dessins.

1024 — Le Jugement de Pâris. Étude peinte.

1025 **École allemande**, xvi⁰ siècle. Jeune Femme debout.

1026 **École française**, xviii⁰ siècle. Une Nymphe et l'Amour. Joli dessin à plusieurs crayons.

1027 — Danse au village. Joli dessin.

1028 — Jeune Femme assise près d'un jeune homme, dans un parc.

1029 — Danses. Deux jolies compositions d'un grand nombre de figures.

1030 — Têtes de jeunes Filles et de jeunes Femmes. 6 dessins.

1031 — Promenade dans le parc, l'Après-midi dans le jardin, etc. 6 jolis dessins.

1032 — Une Bacchanale.

1033 **École hollandaise**. Réjouissances dans un palais. Beau dessin.

1034 **Garand**, 1769. Christian VII, roi de Danemark ; composition de plusieurs figures, par Vignali ; un Berger effrayé par la foudre ; un Paysage, etc. 6 dessins.

1035 **G. S.** Cavalerie de la garde royale. Dessin colorié.

1036 **Harriet**. Jeune Femme assise tenant un livre. (Costume du temps de la République.) Joli dessin à plusieurs crayons.

1037 **Larue**. Figures symboliques, frontons et grou-   6 50
pes; Silène faisant célébrer la fête de la Terre,
4 dessins; un Cortége de mariée, Cérès, 2 dessins anonymes; en tout 6 pièces.

1038 **Lawreince** (Manière de). 2 dessins dont l'un   5
est taché d'huile.

1039 **Lemire** (Robert). Jeune Fille ayant près d'elle   3
deux enfants et tendant du grain à un oiseau. A la
sanguine.

1040 **Lemonnier**, 1773. Supplications aux Dieux   6
pour conserver la vie à un mourant.

1041 **Liotard**. Une Danseuse turque. Contre-épreuve.   3 25

1042 **Metsu** (G.), 1657. Jeune Femme assise à une   10 50
table et présentant un bâton de cire à une lumière pour cacheter une lettre; une servante debout, à droite, tenant un seau, paraît attendre.
Dessin colorié.

1043 **Meulen** (Van der). Troupeau passant un   8 50
gué; une Bataille, attribuée à Tempesia. 2 dessins.

1044 **Novelli**. Jeune Femme montée sur un char et
abritée par un parasol tenu par des Amours.

1045 **Overlaet** (A.). Vieillard lisant près d'une   2 50
vieille femme qui tient un broc. A la plume,
d'après Téniers.

1046 **Pallière**. Jeune Femme en buste. Beau dessin   3
à plusieurs crayons, avec mélange de pastel.

1047 **Pastels**. Trois portraits de jeunes Femmes, —   4
la Vierge embrassant l'Enfant Jésus. 4 pièces.

4 50 **1048 Poisson**. Soult, Dumonceaux, Dupont, Sébas-
tiani, Bernadotte, Junot, Jourdan, ambassadeur
de la République française en grand costume,
costume des membres du Corps législatif; Tru-
guet, grand amiral de la République, etc. 12 dessins.

6 **1049 Schall** (Manière de). Bacchantes dans un
paysage. Dessin colorié.

6 50 **1050 Silvestre** (L.). Un Concert. Beau dessin.

2 50 **1051 Swebach**, 1792. Chevaux à l'abreuvoir.

29 **1052 Thierry** (L.-V.), 1782. Plant de vertus, allé-
gorie sur un mariage.

7 50 **1053 Van Dyck** (Attribué à). Tête de jeune Femme,
à la plume; Diane et Actéon, d'après Bou-
cher, etc. 5 dessins.

6 50 **1054 Vos** (Martin de). L'Orgueil, la Gourman-
dise, etc. 3 dessins.

12 50 **1055 Wocher**, 1780. Composition de trois figures.

Renou et Maulde, imprimeurs de la Compagnie des Commissaires-Priseurs,
rue de Rivoli, 144. 710